AF304055

Tucholsky Wagner Zola Scott Sydow Freud Schlegel
Turgenev Wallace Fonatne Twain Walther von der Vogelweide Fouqué Friedrich II. von Preußen
Weber Freiligrath Frey
Fechner Fichte Weiße Rose von Fallersleben Kant Ernst Frommel
Richthofen
Engels Fielding Hölderlin
Fehrs Faber Flaubert Eichendorff Tacitus Dumas
Eliasberg Ebner Eschenbach
Feuerbach Maximilian I. von Habsburg Fock Zweig
Ewald Eliot Vergil
Goethe London
Mendelssohn Balzac Shakespeare Elisabeth von Österreich Dostojewski Ganghofer
Lichtenberg Rathenau Doyle Gjellerup
Trackl Stevenson Tolstoi Hambruch
Mommsen Lenz Hanrieder Droste-Hülshoff
Thoma von Arnim Hägele Hauff Humboldt
Dach Verne
Reuter Rousseau Hagen Hauptmann Gautier
Karrillon Garschin Baudelaire
Defoe Hebbel
Damaschke Descartes
Hegel Kussmaul Herder
Wolfram von Eschenbach Schopenhauer Rilke George
Bronner Darwin Melville Grimm Jerome Bebel Proust
Campe Horváth Aristoteles Voltaire Federer
Bismarck Vigny Barlach Herodot
Gengenbach Heine
Storm Casanova Tersteegen Gilm Grillparzer Georgy
Chamberlain Lessing Langbein Gryphius
Brentano Lafontaine
Strachwitz Claudius Schiller Kralik Iffland Sokrates
Bellamy Schilling
Katharina II. von Rußland Gerstäcker Raabe Gibbon Tschechow
Lons Hesse Hoffmann Gogol Wilde Gleim Vulpius
Luther Heym Hofmannsthal Klee Hölty Morgenstern Goedicke
Roth Heyse Klopstock Kleist
Luxemburg Puschkin Homer Mörike Musil
La Roche Horaz
Machiavelli Kraft Kraus
Navarra Aurel Musset Kierkegaard Moltke
Nestroy Marie de France Lamprecht Kind Kirchhoff Hugo
Laotse Ipsen Liebknecht
Nietzsche Nansen Ringelnatz
Marx Lassalle Gorki Klett Leibniz
von Ossietzky May vom Stein Lawrence Irving
Petalozzi Knigge
Platon Pückler Michelangelo Kafka
Sachs Poe Kock
Liebermann Korolenko
de Sade Praetorius Mistral Zetkin

Der Verlag tredition aus Hamburg veröffentlicht in der Reihe **TREDITION CLASSICS** Werke aus mehr als zwei Jahrtausenden. Diese waren zu einem Großteil vergriffen oder nur noch antiquarisch erhältlich.

Symbolfigur für **TREDITION CLASSICS** ist Johannes Gutenberg (1400 — 1468), der Erfinder des Buchdrucks mit Metalllettern und der Druckerpresse.

Mit der Buchreihe **TREDITION CLASSICS** verfolgt tredition das Ziel, tausende Klassiker der Weltliteratur verschiedener Sprachen wieder als gedruckte Bücher aufzulegen – und das weltweit!

Die Buchreihe dient zur Bewahrung der Literatur und Förderung der Kultur. Sie trägt so dazu bei, dass viele tausend Werke nicht in Vergessenheit geraten.

Grotesken

Manfred Kyber

Impressum

Autor: Manfred Kyber
Umschlagkonzept: toepferschumann, Berlin

Verlag: tredition GmbH, Hamburg
ISBN: 978-3-8424-9151-9
Printed in Germany

Ziel der TREDITION CLASSICS ist es, tausende deutsch- und
fremdsprachige Klassiker wieder in Buchform verfügbar zu
machen. Die Werke wurden eingescannt und digitalisiert. Dadurch
können etwaige Fehler nicht komplett ausgeschlossen werden.
Unsere Kooperationspartner und wir von tredition versuchen, die
Werke bestmöglich zu bearbeiten. Sollten Sie trotzdem einen Fehler
finden, bitten wir diesen zu entschuldigen. Die Rechtschreibung der
Originalausgabe wurde unverändert übernommen. Daher können
sich hinsichtlich der Schreibweise Widersprüche zu der heutigen
Rechtschreibung ergeben.

Manfred Kyber

Grotesken

Das Gespenst

»Es spukt in der Küche, ich ziehe zum Ersten,« sagte meine Köchin, als sie morgens das Frühstück brachte, und ihre Gesichtsfarbe war eine Mischung von Kalk und Käse.

»Das ist Blödsinn,« sagte ich ruhig und beherrscht, aber es lief mir kalt über den Rücken, denn niemand kann solche Eierkuchen backen wie meine Köchin, und die Aussicht, ohne solche Eierkuchen zu leben, war entsetzlich.

»Es ist kein Blödsinn,« sagte die gequälte Frau, »ich habe die ganze Nacht nicht geschlafen. Es hat geheult und gestöhnt und geschlappt wie mit einem Tuche. Es war ein Leichentuch, das geschlappt hat.«

»Wann war das?«

»Um Mitternacht.«

Ich überlegte.

»Lassen Sie mir einige Nächte Zeit,« sagte ich schließlich, »ich werde dafür sorgen, daß es nicht wieder vorkommt.«

Die Lage war klar. Ich hatte zu wählen zwischen einem Gespenst und den Eierkuchen. Ich setzte mich an den Schreibtisch und schrieb folgenden Brief.

Sehr geehrter Herr Gespenst!

Meine Köchin beschwert sich, daß Sie in der Küche spuken. Sie sollen heulen, stöhnen und mit einem Leichentuch schlappen. Ich ersuche Sie, das zu unterlassen. Meine Köchin kündigt mir sonst, und sie ist die einzige in der Stadt, die gute Eierkuchen backen kann. Wenn Sie spuken wollen, so beschränken Sie sich auf mein Arbeitszimmer oder wählen Sie die Stunden, wenn meine Köchin ausgeht. Ich gestatte mir hinzuzufügen, daß Sie sich starken exorzistischen Unannehmlichkeiten aussetzen werden, wenn Sie sich meiner häuslichen Ordnung nicht fügen.

Hochachtungsvoll
(Unterschrift)

Am anderen Morgen nahm ich das Papier wieder zur Hand. Es war ein Totenkopf drauf gezeichnet mit einigen Knochen, die sardellenartig übereinander lagen. Darunter stand:

Ich bin kein Mann, sondern eine Frau. Ich kann spuken wo ich will. Von meiner Spukstunde kann ich nicht abweichen. Grundsätzlich nicht.

Mit gespensterlichem Gruß
Leonore Sanftleben, Gespenst.

Die Portierfrau, die nachts zur Beruhigung bei der Köchin gewacht hatte, erklärte, daß sie es auch heulen, stöhnen und schlappen gehört habe, daß es in der Küche glühwurmähnlich geleuchtet habe und daß sie, die Portierfrau, selber gesehen habe, wie jemand mit dem Kopf unter dem Arm an ihr vorübergestrichen sei, wobei ein kalter, grabähnlicher Hauch sie, die Portierfrau, berührt habe. Die Köchin kündigte.

Mir wurde eiskalt, wegen der Eierkuchen. Frau Leonore Sanftleben mußte fort. Ich wußte ja nun immerhin einigermaßen, mit wem ich es zu tun hatte. Es war ein weibliches Gespenst, darum die Hinneigung zu den Küchenräumen. Es war ferner eine Dame mit Grundsätzen, aber welche Dame hat keine Grundsätze? Und schließlich sind Grundsätze doch dazu da, um überwunden zu werden, und besonders solche von Damen. Schön mußte Frau Sanftleben nicht sein, sonst würde sie den Kopf nicht unter dem Arm tragen. Na, wir werden ja sehen, dachte ich, setzte mich an den Schreibtisch und schrieb folgenden Brief:

Frau Leonore Sanftleben, Gespenst, hier.

Sehr geehrte gnädige Frau!

Ich bestätige Ihnen dankend Ihre werten Zeilen von der gestrigen Nacht und bitte Sie höflichst, sich heute um Mitternacht zwecks einer Unterredung mit mir in meinem Klubsessel freundlichst materialisieren zu wollen.

Um Mitternacht saß ich an meinem Schreibtisch und wartete. Der Klubsessel stand seitwärts am Fenster, so daß er vom Mondlicht voll beschienen wurde, um Frau Sanftleben die Materialisation zu erleichtern. Ich hatte beschlossen, die Angelegenheit höflich, aber sehr sachlich zu erörtern, und hatte mir kurz die nötigen Notizen gemacht: heulen, stöhnen, schlappen, Leichentuch, glühwurmähnliches Licht, Grabeshauch, Kopf unter dem Arm.

Die Uhr schlug zwölf. Das Zimmer verdunkelte sich und unter der Sofaecke kamen stöhnende Laute hervor: Huh–huh–huh– in asthmatischen Abständen.

»Sind Sie das, gnädige Frau?« fragte ich.

»Huh–huh!«

»Sind Sie unter dem Sofa, gnädige Frau?«

»Huh–huh!«

Ich dachte an die Eierkuchen.

»Gnädige Frau, ich bin kein Teppich,« sagte ich energisch, »ich kann nicht zu Ihnen unter das Sofa kriechen. Ich habe Sie gebeten, sich auf meinem Klubsessel zu materialisieren. Bitte, nehmen Sie Platze

Auf dem Klubsessel erschien ein zitternder Schleier, formlos und unsympathisch.

»Gnädige Frau, entwickeln Sie sich jetzt bitte. Ich kann mich nicht mit einem Schleier, einem Gegenstand der Konfektion, unterhalten. Ich habe Frau Sanftleben, nicht einen Lappen hierher gebeten.«

Jetzt wuchs der Schleier und wurde greulich groß. Wenn daraus Frau Sanftleben werden sollte, so mußte sie viel Raum für ihre gespensterliche Existenz benötigen. Endlich saß sie vor mir: im Reifrock, eine ältere Dame, durchsichtig und korpulent. Ihr Busen wogte und sie phosphoreszierte heftig.

»Phosphoreszieren Sie bitte nicht so unangenehm,« sagte ich, »ich habe Sie hierher gebeten, um mich über Ihre Spukangelegenheiten zu unterhalten, nicht um Ihre transparenten Eigenschaften zu bewundern oder Ihre selbsttätige Leuchtfähigkeit festzustellen.«

»Mein Herr!« sagte Frau Sanftleben, und in ihrem Kopf glühten zwei Augen auf, daß glühende Kohlen ein alberner Scherz dagegen waren.

»Brennen Sie keine Löcher in meinen Klubsessel,« sagte ich, »und nun will ich, um auf den Zweck unserer Unterredung zu kommen, einige Fragen an Sie richten. Warum spuken Sie hier, gnädige Frau?«

»Ich bin in diesem Hause gestorben,« sagte Frau Sanftleben und seufzte.

»Meine aufrichtige Teilnahme,« sagte ich, »aber Ihrem Kostüm nach zu urteilen, ist das ziemlich lange her und Sie sollten sich darüber nicht mehr echauffieren. Außerdem – wenn ich sterben würde, so würde ich das doch eher als eine Andeutung auffassen, das Haus zu verlassen.«

»Nein, man spukt im selben Hause, grundsätzlich,« sagte Frau Sanftleben und klapperte demonstrativ mit ein paar Totenknochen in ihrer Hand.

»Was heißt ›man‹ spukt? Das ist doch mehr als veraltet – ich dachte, Sie wären selbständiger.«

»Ich bleibe hier und ich spuke hier,« sagte Frau Sanftleben.

Ich verlor die Geduld nicht.

»Gut, gnädige Frau,« sagte ich, »bleiben Sie hier und spuken Sie hier. Aber nehmen Sie Rücksicht auf meine Köchin und meine Eierkuchen. Wählen Sie eine andere Stunde.«

»Zwölf Uhr nachts ist allgemein üblich. Es ist Gespensterusance. Auch empfangen Sie ja dann keine Besuche.«

»Das möchte ich nicht unbedingt sagen,« meinte ich, »aber wenn ich um diese Stunde Besuche empfange, so sind das Zeitgenossinnen anderen Datums und keine Damen von mehr als hundert Jahren, die phosphoreszieren und transparent sind. Im übrigen handelt es sich weniger um mich als um meine Köchin, und meine Köchin fürchtet sich, weil Sie stöhnen und glühen und sich groteske Scherze mit Ihrem Kopf erlauben« – ich sah auf meine Notizen – »ferner hauchen Sie einen kalten Grabesduft aus und schlappen mit einem Leichentuch.«

Frau Sanftleben fuhr auf.

»Das ist kein Leichentuch, sondern ein Staubtuch. Ich wische Staub, mein Herr. Ich habe mein ganzes Leben lang Staub gewischt. Alles wird Staub. Auch Sie werden zu Staub werden.«

»Das weiß ich. Aber so lange ich noch nicht Staub bin, will ich Eierkuchen essen, und wenn Sie meine Köchin fortheulen und fortglühen, so bekomme ich keine Eierkuchen mehr. Frau Leonore Sanftleben, unsere Unterredung ist beendet. Ich frage Sie, ob Sie gehn wollen oder nicht? Ich lasse Ihnen fünf Minuten Bedenkzeit.«

Frau Sanftleben phosphoreszierte in scheußlicher Weise. Dann nahm sie ihren Kopf von den Schultern und setzte ihn auf den Schoß. Jetzt riß mir die Geduld.

»Frau Sanftleben, machen Sie keine Kunststücke, hier ist kein Varietee!« schrie ich sie an.

»Staub – Staub – Staub,« lallte der Kopf auf ihrem Schoß.

Staub – Staub – eine herrliche Idee kam mir bei diesen Worten.

Staub war sie, Staub wollte sie und Staub sollte sie haben! Ich ergriff den Vakuumsauger, schaltete ihn ein und preßte das Mundstück des Schlauches auf den phosphoreszierenden Busen von Frau Sanftleben. Der Schlauch schluckte und schluckte, und Frau Sanftleben verschwand mitsamt dem separaten Kopf, dem Glühen, Stöhnen und aller Transparenz und Phosphoreszenz im Vakuumapparat.

Es spukt nicht mehr, und ich esse Eierkuchen.

Der Vakuumapparat aber arbeitet so wie nie zuvor. Frau Sanftleben hat ihren Beruf darin gefunden.

Die Ehe Niederbeuge

In Niederbiegen lebten Herr Niederbeuge und Frau Niederbeuge, geborene Krampf. Herr Niederbeuge und Frau Niederbeuge trugen ihren Namen mit Recht, und zwar Herr Niederbeuge in leidender Form und Frau Niederbeuge in tätiger Form. Das heißt, der Ausdruck ›tätige Form‹ war eigentlich kein erschöpfender für das, was Frau Niederbeuge war. Frau Niederbeuge war überhaupt nicht zu erschöpfen. Die Ehe von Herrn Niederbeuge und Frau Niederbeuge war insofern keine ganz glückliche, als die Knochen und die Haut des Herrn Niederbeuge auf die Dauer eine schwächere Konstitution zeigten als der Besenstiel von Frau Niederbeuge, ferner insofern, als die Ohren des Herrn Niederbeuge auch nach langen Jahren des Zusammenlebens mit Frau Niederbeuge immer noch einen peinvollen Rest von Schallempfindlichkeit besaßen.

An seinem fünfundzwanzigsten Hochzeitstage setzte sich Herr Niederbeuge in einen Sessel und sagte: »Ach, wenn mich doch der Teufel holte!«

Kaum hatte er diese Worte gesprochen, saß der Teufel vor ihm.

»Wer sind Sie?« fragte Herr Niederbeuge höflich. Er war den Anblick von Frau Niederbeuge, geborenen Krampf, gewohnt und hatte den Eindruck, einem angenehmen Herrn mit einnehmenden Gesichtszügen und einem gewinnenden Lächeln gegenüberzusitzen.

»Ich bin der Teufel,« sagte der Teufel und fletschte die Zähne.

»Ihr Lächeln hat etwas sehr Reizvolles,« sagte Herr Niederbeuge, »aber ich weiß nicht, wie ich zu der Ehre komme.«

»Sie haben mich doch eben gerufen,« sagte der Teufel, »und ich bin gekommen, Sie zu holen.«

»Fünfundzwanzig Jahre ist es mir nicht mehr passiert, daß jemand kam, wenn ich ihn rief,« sagte Herr Niederbeuge verträumt. »Nun kommt sogar allerhöchstselbst der Teufel, und ich habe dabei doch so gar nichts Faustisches an mir.«

»Nein, das haben Sie nicht,« sagte der Teufel, »Sie haben den Kopf einer Ziege, den Körper einer Spinne und den Gesichtsausdruck eines Idioten.«

»Fünfundzwanzig Jahre ist es her, daß jemand ein so freundliches Bild von mir entworfen hat,« sagte Herr Niederbeuge dankbar.

»Sie sind sehr anspruchslos,« sagte der Teufel, »offenbar sind Sie verheiratet.«

»Verheiratet ist kein Wort dafür,« sagte Herr Niederbeuge und lächelte so, als hätten sich eine Sphinx und zwanzig Märtyrer zusammengetan, um ein Lächeln für Herrn Niederbeuge herzustellen.

»Ihre Ehe scheint keine harmonische zu sein?« fragte der Teufel.

»Jedenfalls habe ich bisher diesen Eindruck nicht gewinnen können,« sagte Herr Niederbeuge, »das Schicksal hat mich für diese Ehe nicht in genügendem Maße ausgestattet. Es hätte mir das Innere eines Gletschers und das Aeußere eines Lindwurms geben sollen. Statt dessen habe ich das Innere eines Kaninchens und mein Aeußeres haben Sie ja eben erst, wenn auch in schmeichelhafter Uebertreibung, mit sehr treffenden Worten gekennzeichnet.«

»Es ist, wie ich sehe, die Schuld Ihrer Frau,« sagte der Teufel.

»Das wage ich nicht zu behaupten,« sagte Herr Niederbeuge, »ich kann nur feststellen, daß meine Knochen nach langjährigen Versuchen noch nicht die Härte von Holz besitzen und daß ich trotz fünfundzwanzigjähriger Ehe immer noch eine gewisse Tonempfindung in den Ohren nicht loswerden kann, so daß ich gegen das Organ meiner Frau eine vielleicht subjektive Voreingenommenheit habe und leider auch immer noch einen Bruchteil von dem verstehe, was sie sagt.«

»Das ist natürlich ein großer Fehler in der Ehe,« sagte der Teufel.

»Vielleicht wäre meine Frau mit einer Lokomotive sehr glücklich geworden,« sagte Herr Niederbeuge bescheiden. »Man muß die Schuld nicht immer beim anderen Teile suchen.«

»Einer Lokomotive kann auch das Pfeifen vergehen unter Umständen,« sagte der Teufel, »und solche Umstände scheinen hier doch vorzuliegen.«

»Umstände ist gar kein Wort,« sagte Herr Niederbeuge, »da sind die Worte überhaupt sehr schwer zu finden. Zuerst dachte ich, ich könne bloß die Worte nicht finden, aber schließlich fand ich, daß die

Sprache solche Worte gar nicht hat. Außerdem habe ich noch so etwas wie innere Organe.«

»Die darf man in der Ehe natürlich nicht haben,« sagte der Teufel, »außer den Organen des Stoffwechsels und der Fortpflanzung.«

»An Stoffwechsel hat es in meiner Ehe nie gefehlt,« sagte Herr Niederbeuge, »es kann auch sein, daß ich einmal ein Fortpflanzungsorgan gehabt habe. Frau Niederbeuge selbst hat sich aber nicht fortgepflanzt, und leider hat es auch kein anderer getan. Ich wäre ihm sehr dankbar gewesen.«

»Also, nun wollen Sie in die Hölle?« fragte der Teufel.

»Eigentlich hatte ich diese Absicht nicht. Fünfundzwanzig Jahre lang habe ich überhaupt keine Absichten mehr gehabt,« sagte Herr Niederbeuge, »ich habe Sie eigentlich nur so gerufen, aus einer freundlichen Stimmung heraus, aber da Sie nun davon sprechen, muß ich sagen, daß mir eine kleine Erholung eigentlich gut täte.«

Der Teufel machte Augen in der nicht unbeträchtlichen Größe eines Suppentellers.

»Halten Sie die Hölle für eine Erholungsanstalt?« fragte er.

»Ich denke sie mir recht angenehm,« sagte Herr Niederbeuge, »freilich möchte ich da keine Damen treffen. Ich habe allmählich so etwas wie eine Abneigung gegen das weibliche Geschlecht bekommen.«

»Eine Hölle ohne Damen gibt es nicht,« sagte der Teufel, »das sind doch unsere zahlreichsten Insassen, aber wir haben ganz nette darunter.«

»Das kann schon sein, aber bei mir ist das eine Art von Idiosynkrasie geworden,« sagte Herr Niederbeuge, »Sie kennen eben Frau Niederbeuge, geborene Krampf, nicht. Ich müßte schon die Garantie haben, daß keine der in Ihrem Erholungsheim anwesenden Damen eine Aehnlichkeit mit Frau Niederbeuge aufzuweisen hat. Ich habe den unbestimmten Eindruck, daß ich mich sonst nicht bei Ihnen erholen könnte.«

»Sie können sich ja mehr an die jungen Damen halten,« sagte der Teufel, »wie sieht denn Frau Niederbeuge aus? Können Sie sie mir beschreiben?«

»Ich habe kein Wort dafür,« sagte Herr Niederbeuge. »Aber vielleicht sagen Sie mir, welche Art von Damen Sie in Ihrem Sanatorium beherbergen.«

»Sie vergreifen sich immer wieder im Begriff,« sagte der Teufel, »die Hölle ist kein Sanatorium.«

»Ich vergreife mich nicht,« sagte Herr Niederbeuge, »Sie kennen Frau Niederbeuge nicht.«

»Also wir haben da zum Beispiel alle die netten Kurtisanen, die Sie sicher aus der Kulturgeschichte kennen,« sagte der Teufel, »ich kann Ihnen gerne einen stillen Kessel in diesem Saal anweisen.«

»Kurtisanen kenne ich aus der Kulturgeschichte, und zwar nur aus der Kulturgeschichte,« sagte Herr Niederbeuge, »trotz dieser leider rein theoretischen Vorstellung aber kann ich mit größter Bestimmtheit sagen, daß Frau Niederbeuge keinerlei Aehnlichkeit mit diesen Geschöpfen hat.«

»Sehen Sie,« sagte der Teufel freundlich, »den gleichen Eindruck habe ich durch unsere Unterhaltung auch gewonnen. Darum habe ich Ihnen gerade diesen allerdings etwas heißen Saal vorgeschlagen.«

»Heiß?« fragte Herr Niederbeuge.

»Sehr heiß, Sie braten, rösten und schmoren.«

»Kleinigkeit!« sagte Herr Niederbeuge.

»Sie scheinen wirklich sehr abgebrüht zu sein,« sagte der Teufel.

»Abgebrüht ist kein Wort,« sagte Herr Niederbeuge, »aber sagen Sie mal, Ihre Frau Großmutter lebt doch auch da. Hat sie nicht am Ende eine gewisse Aehnlichkeit mit Frau Niederbeuge? Verzeihen Sie, aber ich möchte bei einem Sanatorium, in dem ich mich erholen möchte und, wie ich wohl sagen darf, erholen muß, gerne sicher gehen.«

»Ich habe ein Bild meiner Großmutter bei mir,« sagte der Teufel und zog gefällig eine Photographie hervor, »es ist die letzte Aufnahme für die ›Höllenstimmen‹.«

Herr Niederbeuge warf einen Blick darauf.

»Eine Venus,« sagte er.

»Kommen Sie und sagen Sie ihr das selbst,« sagte der Teufel.

»Ich will nur noch meine Zahnbürste einpacken,« sagte Herr Niederbeuge, »es ist dies der einzige Gegenstand, der mir vollständig allein gehört und an dem ich mir zuweilen ein kapitalistisches Gefühl suggeriert habe.«

»Herr Niederbeuge,« sagte der Teufel, »Sie haben gesagt, daß meine Großmutter eine Venus sei. Ich will mich erkenntlich zeigen. Ich will nicht Sie, sondern Ihre Frau holen.«

»Hähä,« sagte Herr Niederbeuge, »Sie kennen Frau Niederbeuge nicht, sonst wüßten Sie, wie grotesk dieser Gedanke ist.«

»Grotesk oder nicht,« sagte der Teufel, »wenn ich sie nicht kenne, so werde ich sie kennen lernen. Schließlich bin ich der Teufel.«

»Ein Engel sind Sie,« sagte Herr Niederbeuge, »aber Frau Niederbeuge hat keine Angst vor Ihnen.«

Der Teufel rollte seine Augen in der für dieses Organ ungewöhnlichen Größe von Kompottschüsseln.

»Ich werde mich stark in Schwefel hüllen,« sagte der Teufel.

»Das tun Sie reichlich,« sagte Herr Niederbeuge.

Der Teufel spuckte Feuer und hüllte sich in Schwefeldämpfe, so daß Herrn Niederbeuge etwas übel wurde.

»Die Gardinen werden leiden,« sagte Herr Niederbeuge schwach.

»Wo ist Ihre Frau Gemahlin?« fragte der Teufel und wirbelte voller Unternehmungslust seinen schwarzen Schwanz.

»In der Küche,« sagte Herr Niederbeuge.

»Also ab durch den Rauchfang!« rief der Teufel.

Ein furchtbares Getöse erhob sich in der Küche, so daß Herrn Niederbeuge die Spinnenbeine zitterten vor Angst, der Teufel könne unterliegen.

Dann wurde es still, die Wohnung war leer und Herr Niederbeuge ging lächelnd von Zimmer zu Zimmer, um die Fenster zu öffnen und die Schwefeldämpfe auszulüften.

»Seligkeit ist kein Wort,« sagte Herr Niederbeuge und setzte sich.

Nach einer Viertelstunde klingelte es und ein Hilfsteufel gab ein gewaltiges Paket ab, das geradezu unsagbar verschnürt war. Dazu einen Zettel: »Anbei Frau Niederbeuge. Sie soll einen Gasometer heiraten. Vielleicht erstickt sie dran. Schwefeldampf resultatlos. Kommen Sie lieber selbst.«

Herr Niederbeuge schnürte nicht auf. Er rief eine Nachbarin und bat sie, ein interessantes Paket zu öffnen, das eben angekommen wäre. Er selbst nahm seine Zahnbürste und ging geradeswegs in die Hölle. Der Mensch muß sich einmal erholen.

Herr Niederbeuge saß bald im stillen Kessel des Kurtisanensaales, schmorte, briet und röstete und fand es ganz angenehm. Dazwischen spielte er mit des Teufels Großmutter Sechsundsechzig.

Frau Niederbeuge fand den Zettel des Teufels und heiratete einen Gasometer – nun gerade! Aber bereits nach drei Tagen entleibte sich der Gasometer durch eine geradezu entsetzliche Explosion.

»Explosion ist kein Wort dafür,« sagte Herr Niederbeuge, als er das hörte.

Leichte Störungen

»Sie haben also Störungen, wie Sie meinen?« fragte der Arzt den Patienten.

»Ja, Störungen, leichte Störungen sozusagen,« sagte der Patient.

»Worin bestehen diese?«

»Also, ich schmecke zum Beispiel nicht mehr mit den Ohren, sondern mit den Augen, ich rieche nicht mehr mit der Zunge, sondern mit den Ohren, ich höre nicht mehr mit den Augen, sondern mit der Nase und ich sehe nicht mehr mit der Nase, sondern mit der Zunge. Dabei sehe ich nicht mehr wie früher alles doppelt, sondern vierfach.«

»Ja,« sagte der Arzt, »das scheinen mir denn doch schon mehr als nur leichte Störungen zu sein. Sie sind sozusagen einmal verrückt geworden und auf dieser Grundlage noch einmal umgeschnappt. Das ist ein sehr sonderbares Durcheinander.«

»Das kann ich nicht finden,« sagte der Patient, »es sind doch wohl nur leichte Störungen. Unangenehmer sind einige andere Erscheinungen, die ich bei mir festgestellt habe.«

»Noch unangenehmer?« sagte der Arzt.

»Ja, ich habe in letzter Zeit die Empfindung, daß mir die Handschuhe an meinen acht Füßen zu groß und Stiefel an meinen acht Händen zu klein geworden sind.«

»Hm,« sagte der Arzt, »was haben Sie daraufhin getan?«

»Ich war in 44 Handelsgeschäften und in 88 Stiefelgeschäften.«

»Das heißt also, Sie waren in 11 Handschuhgeschäften und in 22 Stiefelgeschäften,« sagte der Arzt.

»Nein, ich habe schon dividiert, ich bin mir ja ganz klar über meinen Zustand und weiß, daß ich alles vierfach und nicht mehr doppelt sehe. Sonst hätte ich mich anders ausgedrückt und hätte gesagt, daß ich in 88 Handschuhgeschäften und in 176 Stiefelgeschäften war.«

»Hm,« sagte der Arzt, »Sie übersehen eben den ersten Zustand der Verrücktheit oder Sie überhören, überriechen, überfühlen und überschmecken ihn.«

»Nein, diese Annahme muß ich doch ablehnen. Ich sehe sehr scharf mit meiner Zunge, höre vorzüglich mit meiner Nase, rieche aufs feinste mit meinen Ohren und schmecke die geringsten Unterschiede mit meinen Augen heraus. Die Kleinigkeit, alles durch zwei zu dividieren, wird einem ja auch sehr schnell zur Gewohnheit.«

»Sie haben mich eben, glaube ich, nicht ganz verstanden,« sagte der Arzt, »oder entsprechender ausgedrückt, Sie haben nicht vierfach, sondern nur doppelt aufgenommen. Aber welche Resultate erzielten Sie bei Ihren Besuchen in den 44 Handschuhgeschäften und den 88 Stiefelgeschäften? Fanden Sie etwas Passendes?«

»Ich fand nichts Passendes, aber die Leute fanden in mir offenbar etwas Unpassendes, denn sie haben mich in den Handschuhgeschäften 176 mal hinausgeworfen und in den Stiefelgeschäften 352 mal.«

»Haben Sie hier auch schon dividiert?« fragte der Arzt.

»Jawohl, sonst hätte ich 352 und 704 mal sagen müssen. Ich bin mir vollständig klar über meinen Zustand.«

»Ja,« sagte der Arzt, »ich wollte, ich wäre mir auch so klar über Ihren Zustand. Wie steht es dann mit dem Essen. Haben Sie Appetit?«

»Einen ganz außergewöhnlich guten,« sagte der Patient.

»Hier haben Sie also keinerlei leichte Störungen zu verzeichnen?«

»Eigentlich nicht – nur einmal wurde ich sozusagen leicht gestört. Ich hatte Eier gegessen und während meines Nachmittagsschlafes krochen die Hühner in meiner Leber aus.«

»In Ihrem Magen, wollen Sie sagen.«

»Nein, in meiner Leber. Mit dem Magen atme ich.«

»So,« sagte der Arzt. »Und was taten Sie?«

»Ich aß eine Zeitlang Geflügelfutter, aber schließlich wurden mir die Hühner zu groß und ich gab 16 Anzeigen in 32 Zeitungen aus, in denen ich zwei Iltisse suchte.«

»Bekamen Sie den Iltis?«

»Zwei Iltisse waren es, ich habe schon dividiert, sonst hätte ich vier gesagt. Ja, ich bekam sie und verschluckte sie und sie verschluckten die Hühner, aber leider einen Teil meiner Leber mit, so daß ich sie unter leichten Störungen meiner Nieren ausgehustet habe.«

»Wo sind diese Iltisse?« fragte der Arzt.

»Ich steckte sie in eine Voliere, in der sie jetzt noch umherschwimmen, wenn sie nicht fortgeflogen sind.«

»Gestatten Sie, daß ich eine experimentelle Frage an Sie richte. Sehen Sie mich einmal, zweimal oder viermal? Mit andern Worten: wieviele Aerzte sehen Sie vor sich?«

»Zwei,« sagte der Patient.

»Dividiert oder nicht dividiert?«

»Natürlich dividiert. Sonst hätte ich vier gesagt. Ich bin mir ganz klar über meinen Zustand.«

»Hm,« sagte der Arzt, »wie sehen diese zwei Aerzte aus, verschieden oder einer wie der andere?«

»Einer so dumm wie der andere,« sagte der Patient.

»So,« sagte der Arzt, »Ihre Störungen scheinen mir doch nur leichter Art zu sein. Ich werde Ihnen Tropfen verschreiben.«

»Tropfen,« sagte der Patient, »Tropfen zum Verreiben und mit den Zehenspitzen einzunehmen?«

»Also wenn Sie, wie es den Anschein hat, Tropfen nicht einzunehmen verstehen, werde ich Ihnen Pillen verordnen.«

»Ja,« sagte der Patient, »Pillen sind mir auch lieber. Damit weiß ich gut Bescheid, ich habe schon oft Pillen in den Handgelenken gegurgelt.«

»Also ich werde ein Pulver wählen,« sagte der Arzt.

»Pulver trinke ich leidenschaftlich gerne. Ich möchte dann auch noch um vier Flaschen Haarwasser bitten, da Sie gerade von Pulvern gesprochen haben.«

»Dann müssen Sie in eine Drogerie gehen,« sagte der Arzt erschöpft.

»Ich weiß wohl, daß ich dazu eigentlich in vier Kolonialwarenhandlungen gehen muß, aber ich dachte, daß ich, da ich nun einmal bei vier Rechtsanwälten bin, es ebensogut auch jetzt in vier Grünkramhandlungen erhalten könne.«

»Es ist sehr schwer, mit Ihnen zu verhandeln,« sagte der Arzt, »haben Sie diesmal wieder dividiert?«

»Nein, diesmal habe ich es in der Eile vergessen,« sagte der Patient, »ich bin mir ganz klar über meinen Zustand. Aber Sie wissen ja schon, wie ich es meine.«

»Leider weiß ich das nicht so genau,« sagte der Arzt. »Kommen Sie lieber morgen noch einmal wieder. Ich muß mir Ihren Fall, oder um mit Ihnen zu sprechen, Ihre zwei oder vier Fälle erst noch überlegen.«

»Was bin ich schuldig?« fragte der Patient.

»Das hat natürlich bis morgen Zeit – oder nein, ich werde Ihnen gleich eine Rechnung anschreiben.«

Dem Arzt war ein Gedanke gekommen, der erste Gedanke in dieser Konsultation. Er sagte sich: wenn ich ihm eine Rechnung schreibe, sieht er vier und bezahlt zwei. Denn er dividiert ja, weil er sich klar ist über seinen Zustand. Auf die Rechnung schreibe ich 5 Mark. Er sieht 5555 und streicht die Hälfte, wobei er natürlich auch nur die Hälfte bezahlen wird. Aber da er zwei Rechnungen bezahlt, so bezahlt er 2 × 55 = 110 Mark. Damit kann ich mich von dieser leichten Störung erholen und er wird es bei seinen leichten Störungen kaum als eine Störung empfinden.

»Hier ist die Liquidation,« sagte der Arzt, »für die Behandlung an leichten Störungen. Sie sehen vier Rechnungen? Nicht wahr?«

»Nein, ich sehe nur eine,« sagte der Patient.

»Nur eine?« fragte der Arzt enttäuscht, »jetzt scheinen Sie aber schwere Störungen Ihrer leichten Störungen zu haben. Und was sehen Sie auf dieser einen Rechnung? 5555? Nicht wahr?«

»Nein, 5 Mark,« sagte der Patient, bezahlte 5 Mark, war geheilt und ging.

Der Arzt blieb mit leichten Störungen zurück.

Träume

Herr Theobald Kümmelkorn, in Firma Kümmelkorn Nachfolger, Käse en détail, stand in seinem Laden und wickelte kleine Käsegebilde emsig in bedrucktes Papier ein. Es war eine alte Kunstgeschichte und Herr Kümmelkorn warf hin und wieder einen wohlmeinenden, scherzhaften Blick auf die nackten Gestalten, bis er sie mit kundigen Fingern zu einer Einheit mit seinem Käse verwob. Ein Bild gefiel ihm ausnehmend und er hielt es länger als sonst in den fettigen Händen: ›Aphrodite von Melos, Museum Louvre, Paris‹, stand darunter.

»Wenn die Arme hätte,« sagte Herr Kümmelkorn lächelnd, »das wäre eine feine Verkäuferin für Kümmelkorn Nachfolger, Käse en détail. Ja, ja, die Pariserinnen!«

Man muß erklärend hinzufügen, daß Herr Kümmelkorn nicht die Eignung besaß, hellenische Plastik mit den Augen des Griechen zu sehen, sondern mit ganz anderen Augen, mit Augen, die ihm in diesem Fall kartoffelartig aus dem Kopfe quollen.

In diesem erhabenen Moment, als Herr Kümmelkorn versuchte, die Beziehungen seiner Käseseele zum klassischen Griechenland herzustellen, schrie die Türglocke verständnislos auf und Frau Schauerlich trat in den Laden. Frau Schauerlich war eine betagte Dame in einem karierten Umschlagtuch, die den guten Ruf von 820 Einwohnern ihres Heimatortes mit Ausnahme des 830. Einwohners, der sie selbst war, zerkaut hatte, sozusagen nach Fletcher zerkaut, daß nichts mehr nachgeblieben war. Es glich sich aber insofern aus, als sie in ihrem großen Gerechtigkeitsgefühl niemand verschont hatte außer sich selbst, da sie sich in ihrem großen Gerechtigkeitsgefühl sich selbst gegenüber für befangen gehalten hatte.

»Guten Tag, Herr Kümmelkorn, ich möchte einen Kräuterkäse,« sagte sie.

Herr Kümmelkorn nahm einen Kräuterkäse und wickelte ihn ein, aber nicht in die Aphrodite von Melos, sondern in eine belanglosere Person.

»Herr Kümmelkorn,« sagte Frau Schauerlich, »ich habe diese Nacht geträumt, daß ich einen Käse bei Ihnen kaufte und Sie mir einen zweiten dazu schenkten.«

»So, so, wie war denn das? Ich dachte, Träume bedeuten nichts,« sagte Herr Kümmelkorn.

»Träume bedeuten sehr viel und das war so: mir war, als habe ich ein schönes kleines Knäblein geboren und für dieses schöne Knäblein war der zweite Kräuterkäse bestimmt,« sagte Frau Schauerlich und machte ein Gesicht, als sei ihr eine überirdische Sendung zuteil geworden.

Frau Schauerlich war siebzig Jahre alt und hatte nach menschlicher Voraussicht eine Niederkunft nicht mehr zu erwarten. Zudem konnte man, wenn man Frau Schauerlich ansah, die Illusion von der Geburt eines schönen Knäbleins selbst mit Aufbietung der tollsten Phantasie nicht mehr in sich herstellen.

»Das scheint mir doch eine kühne Folgerung zu sein,« sagte Herr Kümmelkorn im Bestreben, sich schützend vor seinen Käse zu stellen, »daß der kleine Schauerlich, der ja auch gar nicht da ist, schon in seiner ersten Lebensstunde Kräuterkäse zu sich nehmen sollte.«

»Es sind schon größere Dinge geschehen,« sagte Frau Schauerlich. »Uebrigens, was haben Sie denn da für ein Bild auf dem Ladentisch? Haben Sie oft solche Bilder bei sich?«

»Ach, eine kleine Pariserin, zum Einschlagen, ja, ich hatte sie gerade zur Hand, ja,« meckerte Herr Kümmelkorn verlegen und bedeckte die Aphrodite von Melos schützend mit seiner fettigen Tatze.

Frau Schauerlich aber ergriff das Bild mit einer gewissen kriminalistischen Begabung und betrachtete es aufmerksam.

»Das ist ja eine tote Person,« sagte sie geringschätzig.

»Wieso tote Person?« fragte Herr Kümmelkorn verletzt, »weil sie keine Arme hat? Deswegen kann sie ruhig leben.«

»Da steht doch ›Museum‹ darunter,« sagte Frau Schauerlich, »im Museum sind lauter tote Personen.«

»Schade,« sagte Herr Kümmelkorn.

»Wieso schade? Herr Kümmelkorn, es ist gut, daß das niemand gehört hat außer mir. Ich habe ja viel Gerechtigkeitsgefühl, aber ein anderer –«

Herr Kümmelkorn verstand und wickelte den zweiten Kräuterkäse ein, wobei er die Aphrodite von Melos geschickt unter den Ladentisch jonglierte.

»Es ist schön von Ihnen, daß Sie nun auch Gerechtigkeitsgefühl für meine Träume haben,« sagte Frau Schauerlich, »Sie träumen wohl auch oft, Herr Kümmelkorn?« schloß sie mit einem Seitenblick nach dem verschwundenen Bild der toten Person.

»Eigentlich nicht,« sagte Herr Kümmelkorn bescheiden, »oder wenn ich träume, so erscheint mir das nicht so klar wie das, was ich sonst erlebe. Auch denke ich beim Aufwachen immer gleich an Käse und dann habe ich alles andere vergessen.«

»Träume sind symbolisch,« sagte Frau Schauerlich, »man träumt das eine und es bedeutet das andere.«

»Ja, wenn die Geburt eines schönen Knäbleins Kräuterkäse bedeutet – – ich muß sagen, ich würde auch ganz gerne träumen, daß ich ein schönes Knäblein gebäre,« sagte Herr Kümmelkorn, »das wäre doch sehr vorteilhaft, sozusagen ein Traum in meiner Branche.«

»Träumen Sie lieber von Läusen. Läuse bedeuten Geld,« sagte Frau Schauerlich, »aber Sie müssen erhabener werden, Herr Kümmelkorn. Schalten Sie allen Käse aus und denken Sie nur an das Erhabene.«

Abends vor dem Einschlafen schaltete Herr Kümmelkorn allen Käse aus und dachte nur an das Erhabene. Er dachte so lange an das Erhabene, bis er einschlief, aber trotz des scharfen Denkens an das Erhabene träumte er nicht von Läusen. Sei es, daß er nicht genug an das Erhabene gedacht hatte, sei es, daß das Bild der kleinen Pariserin in seiner Brieftasche ihn noch beunruhigte oder daß seine Käseseele Anschluß an das klassische Griechenland suchte – plötzlich sah er die Muschelmöbel seines Schlafzimmers im Strahlenglanz schimmern und mitten darin die Aphrodite von Melos. Herrn Kümmelkorn traten die Augen kartoffelähnlich aus den Höhlen, er ruderte sehnsuchtsvoll mit den Armen und näherte sich der Aphrodite von Melos mit den Bewegungen eines schlittschuhlaufenden Pavians.

Doch er erwachte jählings – vor ihm im Morgengrauen stand seine Frau und schlug ihm mit einem nassen Lappen auf den Kopf.

»Du Scheusal,« schrie sie, »was hast du für eine halbnackte Person in deiner Brieftasche?«

»Ach, die kleine Pariserin,« haspelte Herr Kümmelkorn erschreckt und enttäuscht, »das ist doch eine tote Person. Es hat mich interessiert, aus Bildungsdrang, sie ist in einem Museum und jedenfalls ausgestopft.«

Frau Kümmelkorn warf den nassen Lappen wieder auf den Boden und nahm die Diele weiter damit auf.

»Ausgestopft oder nicht. Das ist kein Bildungsdrang, ich kenne dich, Kümmelkorn, und Strafe muß sein. Ich werde mich noch heute neu equipieren und du wirst es bezahlen.«

Mit diesen Worten walzte Frau Kümmelkorn in die Küche und steckte das Bild der ausgestopften Person ins Feuer. Frau Kümmelkorn hatte sozusagen etwas Griechenfernes.

Herr Kümmelkorn saß bald darauf bedrückt in seinem Käseladen und dachte heftig über Träume nach. Wie hatte doch Frau Schauerlich sehr richtig gesagt? Man träumt das eine und es bedeutet das andere. Wenn man träumt, daß man ein schönes Knäblein gebärt, so bedeutet das Kräuterkäse und wenn man von der toten kleinen Pariserin träumt, so bedeutet das Krach und einen nassen Lappen um den Kopf. Herr Kümmelkorn beschloß aber, seine Bemühungen noch nicht aufzugeben. Er wollte weiter allen Käse ausschalten und an das Erhabene denken, nach dem Erhabenen aber an Läuse, an Läuse und nochmals an Läuse. Das war wenigstens etwas, womit man sicher ging. Denn Läuse bedeuteten ja keinen Kräuterkäse und keinen nassen Lappen, sondern Geld.

Jeden Abend vor dem Einschlafen schaltete Herr Kümmelkorn nun allen Käse aus und dachte an das Erhabene, nach dem Erhabenen aber dachte er an Läuse. Erst wenn sich ein ideeller Juckreiz einstellte, schlief er ein. Viele Abende dachte er das vergeblich, aber nachdem er gelernt hatte, die Gedanken des Abends durch ähnliche

Eindrücke des Tages zu ergänzen und zu verstärken, indem er viel über Läuse las und fleißig mit allen Leuten redete, die je eine Laus gesehen oder ihr eigen genannt hatten, erlebte er einen nie erahnten Erfolg seiner gesteigerten Gedankenverlausung. Vom Schlaf umgaukelt, sah er, wie sich die Türen seines Kleiderschrankes öffneten, und aus ihrem Rahmen trat eine Laus in Menschengröße, angetan mit einem roten Kleid, blauen Strümpfen, weißen Schuhen, einem grünen Hut und mit einem zitronenfarbenen Sonnenschirm, den sie mit den Oberbeinen umklammerte. Aufrecht und feierlich langsam schritt sie bis zur Muschelbettstatt des Herrn Kümmelkorn. Herr Kümmelkorn zitterte vor Erregung wie Gallert, der ins Schwanken gekommen ist.

»Sind Sie eine Laus?« fragte er geistreich und voller Tiefe, um allen Zweifel zu beseitigen.

»Ich bin nicht eine Laus. Ich bin *die* Laus, ich bin die Laus der Läuse!«

Grüßend bewegte die Laus den Sonnenschirm, dann verschwand sie wieder im Kleiderschrank und seine Türen schlossen sich lautlos.

»Die Laus der Läuse!« murmelte Herr Kümmelkorn im Traum und sank in seliger Erschöpfung in die Kissen. »Wieviel Geld muß das bedeuten!«

Am anderen Morgen warf Herr Kümmelkorn nicht einen Blick auf allen Käse, auf dem sein Auge sonst in sinniger Versunkenheit zu weilen pflegte, er stöberte fieberhaft in der Post und wühlte geradezu nach der großen Geldnachricht.

Bald fand er sie. Doch war es eine, die zu bezahlen, nicht zu erhalten war. Es war eine Rechnung. Nein, nicht eine Rechnung, es war *die* Rechnung, es war die Rechnung der Rechnungen. Es war die Rechnung für die Neuequipierung von Frau Kümmelkorn: ein rotes Kleid, ein grüner Hut, blaue durchbrochene Seidenstrümpfe, weiße Schuhe und ein zitronenfarbener Sonnenschirm.

Herr Kümmelkorn wurde lila im Gesicht, das war die einzige Farbe, die hier noch fehlte. Herr Kümmelkorn blieb zwar nicht lila, aber er blieb seitdem ein Skeptiker und das ist noch mehr, als wenn man lila im Gesicht ist. Er schaltete alles Erhabene aus und dachte

nur noch an Käse. So hat er auch die Aphrodite von Melos und die
Laus der Läuse niemals wiedergesehen.

Die mythologische Nacht

Ich hatte abends in der Mythologie gelesen und war müde eingeschlafen. Nach einer Stunde wachte ich auf und der nemeische Löwe lag auf meinem Bett. Er riß den Rachen auf und machte den aufgeregten Eindruck einer Person, die einen verschlucken will.

»Komm, mein Miezchen,« sagte ich – ich bin sehr katzenfreundlich und freute mich, daß ich mal wieder eine Katze im Bett hatte – »komm, mein Miezchen, ich will dir Milch bringen.«

Der nemeische Löwe sperrte das Maul noch weiter auf und brüllte grauenhaft. Jedem anderen hätten sich die Haare gesträubt vor Entsetzen. Ich bin aber sehr katzenfreundlich und so störte mich das nicht sonderlich.

»Kß, kß, kß, ich bin nicht Herkules,« sagte ich, was übrigens leicht zu bemerken war, »ich habe aber nur kondensierte Milch im Hause. Wird dir das genügen, mein Miezchen?«

Ich öffnete die Dose und filterte dem nemeischen Löwen mit einem Suppenlöffel kondensierte Milch ein.

»Rrrrrrr,« schnurrte der nemeische Löwe.

Als die Dose geleert war, legte ich mich wieder zu Bett. Der nemeische Löwe lag auf meinen Füßen, daß mir die Knochen knackten. Ich bin sehr katzenfreundlich, aber es ist doch eine etwas zu große Rasse, um sie im Bett zu haben.

»Rrrrr–rrrr–« schnurrte der nemeische Löwe und ich schlief wieder ein.

Aber mir war keine Ruhe bestimmt. Nach einer Weile klingelte es draußen heftig und anhaltend. Ich ging an die Tür und öffnete. Draußen stand ein Kyklop und leuchtete mich mit seinem einen Auge auf der Stirn automobillaternenartig an.

Ich streckte ihm beide Hände entgegen.

»Ich freue mich wirklich sehr, Sie einmal kennen zu lernen. Ich habe mich immer so sehr für Ihr eines Auge interessiert.«

Der Kyklop lächelte geschmeichelt und trat näher.

»Ich möchte hier gerne übernachten,« sagte er.

»Mit Vergnügen, aber mein Bett kann ich Ihnen nicht anbieten, darin schläft ein Kätzchen und schnurrt so friedlich, daß es ein Jammer wäre, es zu wecken. Sie kennen das Tierchen sicher auch aus Ihrem früheren Leben, es ist eine sehr berühmte Miezekatze. Aber ich will Ihnen meine Chaiselongue zurechtmachen. Nur dürfen Sie sich mit Ihrem glühenden Auge nicht auf meine seidenen Kissen legen, ich bin nicht gegen Feuer versichert.«

Der Kyklop beäugte und beleuchtete die Chaiselongue und setzte sich darauf.

»Es kommen noch mehr,« sagte er, »wir sind auf einem Spaziergang zur Erde begriffen und wollen gerne bei anständigen Leuten übernachten.«

»Wenn noch mehr kommen,« sagte ich erfreut, »werde ich mich garnicht wieder hinlegen, es klingelt ja dann doch fortwährend. Hoffentlich kann ich alle unterbringen. Mit der Beköstigung wird es allerdings schwierig sein. Ich bin auf so zahlreichen Besuch nicht eingerichtet und meine kondensierte Milch hat das nemeische Kätzchen ausgetrunken. Ich wüßte auch nicht, was ich Ihnen anbieten sollte. Früher aßen Sie ja Menschenfleisch, aber als Sie zu mir kamen, waren Sie sich wohl von vornherein darüber klar, daß Sie auf diese bei uns nicht gebräuchliche Kost verzichten müßten. Wie wäre es mit Schokoladenplätzchen? Ich habe noch einige davon und kann sie Ihnen sehr empfehlen.«

Ich reichte ihm die Tüte und der Kyklop leuchtete neugierig darin herum.

»Ihr Auge ist wohl sehr praktisch, da Sie gleichzeitig alles illuminieren können, was Sie sich betrachten,« sagte ich neidisch.

Der Kyklop nickte und begann eifrig Schokoladenplätzchen zu essen. Es schien ihm zu schmecken, denn sein Auge leuchtete so heftig, daß ich das elektrische Licht abdrehte, um Strom zu sparen. Man will doch auch etwas von seinen Gästen haben und wenn sie nichts zur Unterhaltung beitragen, so ist es nett, wenn sie wenigstens selbsttätig leuchten. Inzwischen klingelte es wieder und jemand schlug sogar in ordinärer Weise mit einem Kolben an die Tür.

»Das kann ja gut werden, es ist offenbar eine sehr mythologische Nacht,« dachte ich und öffnete.

Vor mir stand ein nackter Mann mit einem Stierkopf und einer Keule in der Hand.

»Sieh, sieh, der Minotaurus,« sagte ich freundlich. »Aber Sie sind hier nicht im Labyrinth, mein Lieber, und brauchen nicht mit der Keule um sich zu schlagen – Sie sind auch ohnedies eine ganz originelle Erscheinung. Wollen Sie auch hier übernachten?«

»Muh,« sagte der Minotaurus, glotzte mich mit seinen Ochsenaugen an und kam herein. Er ging ungeniert in der ganzen Wohnung umher und beschnupperte alle Möbel.

»Zu essen habe ich kaum etwas Passendes für Sie,« sagte ich bedauernd, »soviel ich mich erinnere, waren Sie doch der Herr, der sich angewöhnt hatte, athenische Jungfrauen zu frühstücken. Sie werden das bei mir nicht finden. Ich bin zudem Vegetarier und kann mich in Ihre Geschmacksrichtung nicht mehr einfühlen.«

»Ich will einen Klubsessel haben,« sagte der Minotaurus und stierte mich an. Wenn ich sage, daß er mich anstierte, so ist das hier buchstäblich aufzufassen.

Ich ärgerte mich.

»Sie sind hier bei einem Dichter und nicht bei einem Knallprotz. Ich biete Ihnen an, was ich habe. Wenn Ihnen das nicht gefällt, so machen Sie, daß Sie hinauskommen. Sie sind nicht der erste Ochse, dem es bei mir nicht gefallen hat. Ich bin ein großer Tierfreund, Sie brauchen bloß das nemeische Kätzchen zu fragen, aber es hat alles seine Grenzen . . .«

»Tierfreund? Ochse???« brüllte der Minotaurus wütend. »Für wen halten Sie mich eigentlich?«

»Ich halte Sie für den, der Sie sind,« sagte ich und schob ihn zur Türe. »Wenn Sie jetzt nicht ruhig sind, telephoniere ich und lasse Theseus holen. Bei mir ist kein Klubsessel. Gehen Sie ins Auswärtige Amt, dort finden Sie einen und da wird man Sie mit Ihrem Ochsenkopf mit offenen Armen empfangen.«

Der Minotaurus ging schimpfend ab.

»Wenn die anderen auch so sind, dann lasse ich niemand mehr herein,« sagte ich ärgerlich.

»Die anderen sind viel netter,« sagte der Kyklop und grinste.

Es klingelte wieder und diesmal standen gleich zwei vor der Tür – es waren Sirenen – Jungfrauenköpfe, Vogelleiber und eiserne Klauen. Die Zusammenstellung von Mädchen und Federvieh ist ja nichts Außergewöhnliches. Hier aber wußte ich wirklich nicht genau zu unterscheiden, ob das mehr Huhn oder mehr Jungfrau war. Das ist ja überhaupt immer eine schwimmende Grenze. Die Sirenen stießen sich mit den Flügeln an und kicherten.

»Putt, putt, putt, putt, putt,« sagte ich, klappte die Zimmerleiter auseinander und lockte die Sirenen heran. »So, nun setzen Sie sich auf die Stangen und stecken Sie Ihre Mädchenköpfe in Ihr Gefieder. Ich habe noch etwas Vogelfutter vom Winter, das will ich Ihnen hinstellen.«

Die Sirenen kicherten wieder, stiegen auf die Leiter und begannen leise zu singen: »Ist denn kein Stuhl da, Stuhl da, Stuhl da, für meine Hulda, Hulda, Hulda?« Dabei sahen sie mich aus ihren feurigen Augen verführerisch an und klapperten mit den Klauen den Takt dazu.

»Nein, es ist kein Stuhl da,« sagte ich, »seien Sie froh, daß Sie auf der Leiter sitzen. Ich bin auch nicht Odysseus und auf mich machen Ihre Couplets gar keinen Eindruck.«

Ich schob noch ein Waschbrett an die Leiter, in großer Eile, denn inzwischen klingelte es wieder.

»So, nun haben Sie auch einen Auslauf, wie in einem richtigen Hühnerstall,« sagte ich wohlwollend und dann öffnete ich die Tür.

Was jetzt draußen stand, übertraf alle meine Erwartungen. Nie war es einem menschlichen Auge vergönnt, einen Basilisk zu sehen. Mir war es vergönnt. Es ist schwer, diese etwas ungewöhnliche Person zu beschreiben, aber ich will es versuchen. Man denke sich eine Kreuzung zwischen Geier und Krokodil, zwischen Onkel Fritz, wenn er Rechnungen bezahlen muß, und Tante Emma, wenn sie Waschtag hat – und das Ganze mit Petroleum übergossen und angezündet.

»So ulkig habe ich Sie mir nicht vorgestellt,« sagte ich. »Aber gehen Sie in die Küche, die anderen Räume sind alle schon besetzt. Auf dem Küchentisch liegt ein Paket Gesundheitszwieback für Magenschwache und Rekonvaleszenten – das können Sie aufessen.«

Der Basilisk dankte und ging in die Küche. Gleich hinter ihm in der Türöffnung erschien die Meduse, eine eklige alte Dame, deren Haare sich bewegten.

»Liebe Frau Gorgo,« sagte ich abweisend, »mit den Schlangen auf Ihrem Kopf können Sie hier nicht herein. Mein Haus ist kein Terrarium, lassen Sie also Ihre beweglichen Haare draußen.«

»Das sind schon lange keine Schlangen mehr,« sagte die Meduse kläglich, »sie sind im Lauf der Zeit leider ganz entgiftet worden und sind bloß noch ärmliche Regenwürmerchen.«

»Das ist ganz gleich,« sagte ich streng, »ich finde Ihre Perücke unappetitlich. Gehen Sie in den Garten hinunter und setzen Sie Ihre Regenwürmer dort ab, dann sollen Sie mir herzlich willkommen sein.«

Ich schloß energisch die Türe und wandte mich in die Küche, um nach dem Basilisk zu sehen. Der Basilisk hatte die Gesundheitszwieback für Magenschwache und Rekonvaleszenten samt dem bedruckten Reklameumschlag aufgegessen und war durch das trockene Gebäck und das reichliche Papier durstig geworden.

»Haben Sie nicht etwas Herzhaftes zu trinken?« fragte er mich, »Benzin oder etwas Aehnliches?«

»Benzin habe ich nicht im Hause,« sagte ich, »gehen Sie in die nächste Automobilgarage, gleich um die Ecke herum, in der selben Straße.«

Der Basilisk empfahl sich dankend. Als er gegangen war, bemerkte ich, daß er inzwischen eines seiner berühmten Basiliskeneier gelegt hatte. Ich war lebhaft erfreut und beschloß, mir ein Spiegelei daraus zu machen, da mir auch etwas flau geworden war nach der langen Nachtwache und den vielen doch nicht ganz gewöhnlichen Erscheinungen, mit denen ich zu tun hatte. Ich steckte den Gasherd an und schlug das große, giftgrüne Ei über der Pfanne entzwei. Aber es wurde kein Spiegelei daraus, sondern ein kleiner Basilisk hupste mir froschartig in die Arme und fauchte mich an. Ich war unangenehm überrascht, denn erstens hatte ich mich auf das Spiegelei gefreut und zweitens verstand ich wenig von Säuglingspflege. Ich wickelte das kleine Scheusal in eine Decke und ging summend mit ihm auf und ab. Wie ich das Kind ernähren sollte, war mir unklar und ich sah im Geist bereits den Schmerz der sympathischen Mutter, die benzinerfrisch heimkommen und ihren Sprößling in bedenklicher Unterernährung vorfinden würde. Das Baby entwickelte inzwischen eine nicht geahnte Eigenschaft, es spuckte Feuer und brachte meine Küchengardinen, bescheidene, aber für mich immerhin wertvolle Produkte der Textilindustrie in Gefahr. Ich setzte es auf den Herd, und da es offenbar sein kostbares Leben durch einen Dauerbrandofen in seinem Magen herleitete, stopfte ich ihm mit einer Kohlenschaufel Eierbriketts ins Maul, die es gierig verschlang. Ich war beruhigt, als es wieder klingelte. Draußen stand der Lindwurm und lächelte mich an. Das heißt, nicht der Lindwurm stand draußen, sondern lediglich sein Kopf war oben bei mir im vierten Stock angelangt, während sein Schwanz, wie ich mich durch einen flüchtigen Blick überzeugte, noch unten im Parterre war und erhebliche Anstrengungen machte, auch heraufzukommen.

»Verzeihen Sie,« sagte ich nervös, »ich kann nicht warten, bis Sie ganz oben sind. Ich habe ein kleines Kind mit Eierbriketts zu füttern. Wenn Ihr Schwanz auch oben angekommen ist, was nach meiner Schätzung gut zehn Minuten dauern kann, klingeln Sie bitte noch einmal.«

Ich eilte zu dem kleinen Kinde zurück und kam gerade zur rechten Zeit, da es in seiner grenzenlosen Gier nach Eierbriketts in die Kohlenkiste gekrochen war und das Holz bereits zum Versengen gebracht hatte. Jetzt wurde die Türe aufgestoßen und der Basilisk stürzte echauffiert herein – ich sah nur, wie der Lindwurm immer noch bemüht war, sich die vier Treppen langsam hinaufzukranen.

»Geben Sie mir mein Kind!« schrie der Basilisk unhöflich und offenbar stark erhitzt durch den übermäßigen und meiner Ansicht auch nicht einmal gesunden Benzingenuß.

»Hier,« sagte ich verletzt, »Sie sollten nicht so schreien, sondern sich lieber bei mir bedanken, daß ich Ihr Erzeugnis so sorgfältig am Leben erhalten habe. Es ist keine Kleinigkeit, ein derart feuergefährliches Baby zu betreuen und außerdem ist hier kein Säuglingsheim und keine Entbindungsanstalt für Basiliskeneier. Ich bin Ihnen nur dankbar, wenn Sie das Produkt Ihrer Fortpflanzungsfähigkeit schleunigst wieder mitnehmen.«

Der Basilisk nahm das Kind in die Tatzen, murmelte etwas von Benzin und Dankbarkeit und meinte, er würde sich gerne erkenntlich zeigen. Mir kam ein Gedanke.

»Ich will mich nicht belohnen lassen,« sagte ich, »ich habe Kinder sehr gerne und Ihr Kleiner hat unleugbar etwas Scherzhaftes an sich, das er jedenfalls von Ihnen hat. Aber wenn Sie mir einen Gefallen tun wollen, so gehen Sie zu meiner Erbtante und sehen Sie sie an. Man sagt Ihnen, ich weiß nicht ob mit Recht, nach, daß jeder zu Stein wird, den Sie mit wirklicher Aufmerksamkeit betrachten. Sollte das der Fall sein, so muß ich, offen gesagt, gestehen, daß mir eine derartige Transfiguration bei meiner Erbtante keine unerfreuliche Erscheinung wäre.«

»Wo wohnt Ihre Erbtante?« fragte der Basilisk.

»Krakehlgasse 7,« sagte ich.

Der Basilisk empfahl sich und im Türrahmen meldete sich freundlich lächelnd der Lindwurm und sagte mit empfehlendem Hinweis auf seinen Schwanz, daß er nun endgültig mit allem Zubehör seiner Persönlichkeit nach oben gekommen wäre.

»Bitte kriechen Sie ins Badezimmer und versuchen Sie nach Möglichkeit Ihrer Größe, respektive Länge, in der Badewanne unterzukommen. Hier haben Sie noch ein Stückchen Emmentaler Käse, das ich eigentlich eben selbst essen wollte, das ich Ihnen aber gerne überlasse, damit Sie sich von der Anstrengung des Hinaufwindens Ihrer Leiblichkeit etwas restaurieren.«

Der Lindwurm kroch ins Bad und lächelte wieder freundlich, ohne ein Wort zu sagen. Er war offenbar nicht sehr begabt.

»Wenn Ihnen zu trocken oder zu warm wird, dann drücken Sie auf den Knopf, wo Brause draufsteht,« sagte ich noch. Dann ging ich in ein Nebenzimmer, das bisher unmythologisch geblieben war und setzte mich recht erschöpft auf einen Stuhl.

Es dauerte nicht lange, da klingelte das Telephon.

»Wer ist dort?« fragte ich einigermaßen erbost.

»Hier der Basilisk,« sagte eine Stimme, benzinrauh und unangenehm, »Ihre Tante ist zu Stein geworden.«

»Vielen Dank,« sagte ich, »aber verzeihen Sie die Frage, die für mich eine gewisse wirtschaftliche Bedeutung hat: ist sie zu Marmor oder vielleicht zu einem Edelstein geworden?«

»Zu Bimsstein!« schrie der Basilisk unliebenswürdig und hängte ab.

Zu Bimsstein! Ich muß sagen, diese Nachricht traf mich bis ins Innerste. Das hatte ich von meiner Tante nicht erwartet. Bimsstein war für mich nicht nur eine wirtschaftliche Enttäuschung, sondern es verletzte auch irgendwie mein Familiengefühl, daß eine Tante von mir zu Bimsstein geworden sein sollte. Jedenfalls aber mußte ich mich sofort vom Tatbestand überzeugen. Es blieb ja immer noch die Hoffnung bestehen, daß der Basilisk ein nur oberflächlicher Kenner der Mineralogie war oder die ganze Angelegenheit überhaupt nicht mit genügender Wärme geprüft hatte. Ich setzte meinen Hut auf und eilte die Treppe hinunter, wie nur jemand eilen kann, dessen Erbtante zu Stein, wenn auch nur zu Bimsstein geworden war.

Unten an der Hauspforte faßte mich jemand am Rockzipfel. Es war die Meduse, die sich klagend an mich klammerte.

»Ich habe meine Perücke auf dem Rasen abgelegt und nun sind mir alle meine Regenwürmer davongekrochen. Jetzt helfen Sie mir suchen,« sagte sie.

»Ich habe keine Zeit, Ihre Regenwürmer zu suchen. Sammeln Sie sich neue auf Ihren Kopf. Ich muß in die Krakehlgasse, meine Tante ist zu Bimsstein geworden.«

In der Krakehlgasse herrschte große Aufregung. Meine Tante war wirklich zu Bimsstein geworden und ich muß sagen, daß sie garnicht unvorteilhaft aussah in dieser Form einer etwas grotesken Plastik. Drei Medizinalräte bestritten die Möglichkeit dieser Todesart, die sie vor sich sahen, und drei Pastore weigerten sich, eine Figur von Bimsstein zu bestatten.

»Geben Sie mir die Tante,« rief ich, »es ist meine Tante und ich werde sie verkaufen, weil sie aus Bimsstein ist. Es wäre Sünde, zu übersehen, daß sie ein, wenn auch nicht wertvolles, so doch zur Verarbeitung fähiges Material geworden ist.«

Ich lud das bimssteinerne Bildnis auf die Schultern und wanderte damit zu einer Drogerie, wo ich es verkaufte. Es erwies sich, daß es sehr minderwertiger Bimsstein war, und da der Drogist jeden Kunstwert der Figur hartnäckig in Abrede stellte, mußte ich meine Tante für achtzig Mark und siebzig Pfennige hergeben.

Ich beschloß, diesen mich stark enttäuschenden Betrag für die neuen Insassen meiner Wohnung auf einen Zug zu verausgaben. Es hatte ja doch keinen Zweck mehr, zu sparen, denn ich beerbte nun meine Tante, während man sie in kleinen Stücken, sorgsam verarbeitet, sozusagen auf den Markt bringen würde. Ich kaufte geräucherte Fische für das nemeische Kätzchen, Schokoladenplätzchen für den Kyklopen, Vogelfutter für die Sirenen, ein Stärkungsmittel für den Lindwurm und Haarwasser für die Meduse. Unterwegs kam ich am Auswärtigen Amt vorüber und sah durchs Fenster, wie der Minotaurus unter scheußlich schmatzenden Bewegungen seiner Kinnladen ein Tippfräulein fraß.

Zu Hause angekommen, fand ich die Wohnung in lebhafter Bewegung: der Lindwurm duschte sich, daß das ganze Badezimmer schwamm, die Meduse war mit einer Handvoll Regenwürmer nach oben gekommen, aber die Sirenen hatten sie ihr weggefressen. Der Kyklop leuchtete mit seinem einen Auge unter der Chaiselongue herum und suchte emsig das letzte Schokoladenplätzchen, das er offenbar verloren harte. Nur das nemeische Kätzchen schlief immer noch und schnurrte so laut, daß ich dachte, der Hauswirt würde mir verbieten, künftig einen Motor in meiner Wohnung aufzustellen und ihn nachts laufen zu lassen.

Ich wollte gerade meine Pakete öffnen und jedem das ihm Mitgebrachte überreichen, als ich etwas erblickte, was meine Glieder mit Entsetzen lähmte. Vor mir stand meine Tante, Bimsstein oben und Bimsstein unten, und sah mich mit einem Blick von Bimsstein an. Offenbar war sie dem Drogisten entlaufen. Ich hatte ein Gefühl, als ob ich Bimsstein anfasse, als ob ich Bimsstein sehe, höre, rieche, schmecke, fühle – dann wurde ich ohnmächtig und erwachte.

Allmählich wurde mir nicht ohne eine gewisse Enttäuschung klar, daß ich alles nur geträumt hatte. Aber konnten nicht Träume Vorboten einer verheißungsvollen Wirklichkeit sein? Ich sprang aus dem Bett, eilte ans Telefon und rief meine Tante an.

»Wie geht es dir?« fragte ich.

»Warum fragst du so dumm?« sagte meine Tante, die offenbar in meiner Stimme etwas gehört haben mußte, was ihr bedeutend miß-fiel. »Mir geht es gut.«

»Ich frage, weil ich diese Nacht träumte, daß du gestorben seist,« sagte ich, was vielleicht nicht ganz überlegt und taktvoll war, »das heißt, ich träumte eigentlich nicht, daß du gestorben, sondern daß du zu Bimsstein geworden seist und da hat mich ein Gefühl der Besorgnis gedrängt, nach deinem Befinden zu fragen.«

Meine Tante hängte den Apparat ab.

Ich habe mich seitdem nicht mehr mit Mythologie beschäftigt. Meine Tante lebt heute noch. Aber sie hat mich enterbt und so ist sie, für mich wenigstens, doch zu Bimsstein geworden.

Das Verjüngungsmittel

Die Herren Siegfried Kröpelkopf und Arminius Klapperbein, alleinige Inhaber der Firma Kröpelkopf und Klapperbein, Neuheiten in allen Branchen, saßen zusammen in ihrem Privatbüro. Es war eine geheime Sitzung, eine solche, die alle Neuheiten aller Branchen um die neueste Neuheit der neuesten Branche bereichern und die Namen Kröpelkopf und Klapperbein auf ewige Zeiten in die Geschichte der Menschheit eingraben sollte. Gegen das, was Kröpelkopf und Klapperbein jetzt auf den Markt werfen wollten, war die Erfindung der Buchdruckerkunst eine matte Leistung, die erste Dampfmaschine eine rhachitische Schiebkarre und eigentlich der ganze Mensch als solcher betrachtet ein Witz ohne Pointe. Die Pointe hatten Kröpelkopf und Klapperbein in Händen.

Diese Pointe der Menschheit war eine Essenz von ekliger Farbe, scheußlichem Geruch und abscheulichem Geschmack. Sie befand sich augenblicklich in einer bauchigen Flasche auf dem Tisch zwischen den beiden Herren, die sozusagen die Väter der Essenz waren. Siegfried Kröpelkopf war ihr geistiger Vater, denn er war der Bedeutendere, während Arminius Klapperbein ihr körperlicher Vater war, denn er hatte die größere Kraft und Ausdauer, und hatte die werdende Essenz drei Monate lang während der Bürostunden geschüttelt, bis sie das geworden, als was sie heute anzusprechen war: ein Verjüngungsmittel, das gradweise und geradezu ruckartig auch die morschesten Knochen des verlebtesten Individuums in eine längst vergangene Jugendepoche zusammenzuziehen bestimmt war.

»Klapperbein,« sagte Kröpelkopf und sah seinen Socius mit einem Blick an, gegen den Archimedes einen schülerhaften Eindruck gemacht hätte, »Klapperbein, der große Moment ist gekommen. Wir wollen das Verjüngungsmittel versuchen, das der Menschheit ewige Jugend schenkt.«

»Sie kann es brauchen,« sagte Klapperbein, »und weiß der Himmel, wir können es auch brauchen.«

Arminius Klapperbein war praktisch veranlagt und hatte eine gewisse Selbsterkenntnis für den täglichen Bedarf in sich.

Siegfried Kröpelkopf war romantischer, wenn auch nicht in Geldsachen.

»Klapperbein,« sagte er, »bedenken Sie, nicht nur wir, auch unsere Frauen werden sich verjüngen, ein neuer Liebesfrühling beginnt.«

»Ich denke nicht daran, meine Frau zu verjüngen,« sagte Klapperbein, »und den ganzen Zimt von vorne wieder anzufangen. Ich verjünge mich selbst und in so verjüngtem Zustande verschwinde ich.«

Siegfried Kröpelkopf nahm die Flasche und goß langsam und bedeutungsvoll zwei Gläser mit der scheußlichen Essenz voll. Sein Blick hatte etwas so Sieghaftes, daß gegen ihn Napoleon nach der Schlacht bei Austerlitz wie ein begossener Hund ausgesehen haben muß.

»Auf ewige Jugend!« sagte Kröpelkopf.

»Sagen wir besser, auf eine sozusagen perenierende Jugend,« meinte Klapperbein, der sehr fürs Genaue war.

Beide tranken. Der Geschmack der Pointe der Menschheit schwankte zwischen Lebertran und Tinte, neigte aber im Nachgeschmack zu Eisengallustinte. Da das, auf die Dauer wenigstens, kein angenehmer Geschmack ist, tranken beide einige Gläser Likör hinterdrein, der sich ja in jedem Privatbüro befindet und ihm sozusagen erst die Seele der Firma verleiht. Von der Seele der Firma verleibten sich Kröpelkopf und Klapperbein noch ein beträchtliches Quantum ein und entschliefen dann tief und fest auf dem Lorbeer des Erfolges und dem Leder der Klubsessel, nicht ohne daß sie vorher durch ruckartige Zuckungen in ihren inneren und äußeren Organen den beginnenden Verjüngungsprozeß wahrgenommen hatten.

Nach Verlauf einiger Stunden klopfte der Prokurist der Firma Kröpelkopf und Klapperbein an die Türe des Privatbüros. Er wußte, daß ein Verjüngungsmittel geplant war und hatte die zur Reklame nötigen Photographien eines alten Mannes von besonders ausgeprägtem körperlichen Zerfall und eines schönen Friseurjünglings, die beide eine schwache Aehnlichkeit aufwiesen, mit größter Mühe und Gewissenhaftigkeit beschafft. Ein Tippfräulein hatte daruntergeschrieben: ›so sah ich aus vor Gebrauch und so sah ich aus nach Gebrauch der Essenz ›Ewige Jugend‹, was ich der Firma Kröpelkopf und Klapperbein, aus freiem Antrieb und um meinen Mitmenschen zu helfen, dankend bestätigte.‹ Der Prokurist klopfte noch einmal, es eilte und er wollte das Plakat in Auftrag geben, auch wollte er fragen, ob vielleicht eine notarielle Beglaubigung mit unleserlicher Unterschrift am Platze wäre.

Im Privatbüro regte sich nichts. Nur ein schwaches Wimmern war von Zeit zu Zeit hörbar, das phonetisch an junge Katzen erinnerte.

Dem Prokuristen wurde unheimlich und er rief das Tippfräulein heran, das ihr Aussehen als Greis und Jüngling bestätigt hatte. Das Fräulein hörte die klagenden Katzenlaute und benahm sich weder als Mümmelgreis noch als Friseurjüngling, sondern als Weib. Sie schrie ›Mord‹ und fiel in Ohnmacht. Der Prokurist goß ihr ein Glas Wasser über den Kopf und ließ einen Schlosser holen, um die Türe des Privatbüros zu öffnen.

Der Schlosser kam, sah und öffnete. Der Prokurist und das wiedererwachte Fräulein traten ein. Was sie sahen, erinnerte weder an einen Mord noch an junge Katzen.

In den Klubfauteuils der Herren Kröpelkopf und Klapperbein hockten zwei wimmernde Säuglinge, die bei näherer Betrachtung eine unverkennbare Aehnlichkeit mit den Inhabern der Firma Kröpelkopf und Klapperbein aufwiesen und in den langen, weiten Anzügen der offenbar flüchtigen Chefs der Firma einen geradezu kläglichen, gleichsam verhöhnten Eindruck machten.

Es war leider mehr als einleuchtend, daß sich die Inhaber der geachteten Firma Kröpelkopf und Klapperbein einen scheußlichen Scherz mit ihrer, jedenfalls illegitimen, Nachkommenschaft erlaubt hatten. Ein solches Verbrechen konnte nur in geistiger Umnachtung geschehen sein, denn nie hatte man Kröpelkopf und Klapperbein einer noch so geringen Härte gegen Kinder zeihen können. Hier aber war nicht nur das unwürdige Vergehen unverkennbar, nein, es lag ihm sogar eine sichtlich seit langem in teuflischer Verworfenheit und mit satanischer Ueberlegung ausgeführte Vorbereitung zugrunde. Denn wie hätten sonst Kröpelkopf und Klapperbein mit noch unbekannten Müttern sich in so gräßlicher Gleichzeitigkeit vermehren können, wenn nicht in der Stunde unerlaubter Liebe schon diese unmenschliche Absicht der Verhöhnung des eigenen Blutes bestanden hätte, die vielleicht in der Geschichte der menschlichen Nachtseiten als einzig dastehend gebucht werden würde.

Dies waren die Gedanken des Prokuristen, der abends nach Beendigung der täglichen Geschäfte und nach Kassenschluß im Pitaval zu lesen pflegte. Man schloß sich seiner unabweislichen Logik ohne weiteres an. Der Schlosser holte die Polizei und das Tippfräulein wickelte die armen, verhöhnten und ausgesetzten Nachkommen einer einst so rühmlichen und nun für immer gefährdeten Firma in Geschäftshandtücher und Schreibmaschinenpapier. Dann brachte sie die immer noch wimmernden Geschöpfe in ein Säuglingsheim, wo sie, ausgehungert wie sie waren, begeistert die Flasche nahmen. Denn weder der Prokurist, noch der Schlosser oder das Tippfräulein waren aus physiologisch erklärbaren Gründen in der Lage gewesen, die Säuglinge zu ernähren und zwar erstere überhaupt nicht und in keinem Falle und die letztgenannte noch nicht, weil ihre derzeitige Ausbildung sich lediglich auf Stenographie und Schreibmaschine beschränkt hatte, die beide für die Entwicklung der Muttermilch von sekundärer Bedeutung sind.

Die Polizei beschlagnahmte die, wie es später in den Akten hieß, ›zur Verhöhnung von Säuglingen eigenen Blutes gedient habenden Herrenanzüge‹ und der Prokurist verständigte die Ehefrauen Kröpelkopf und Klapperbein telefonisch und schonend von der legitimen Einbuße und dem illegitimen Zuwachs beider Familien, worauf die also Getäuschten ebenso wortreich als wütend noch am gleichen Tage die Scheidungsklage einreichten.

Siegfried Kröpelkopf und Arminius Klapperbein hatten sich inzwischen, gestärkt durch mehrfachen Genuß der Milchflasche, einem erquickenden Schlummer in den Betten des Säuglingsheims hingegeben und erwachten nun gegen Mitternacht durch das quäkende Geschrei offenbar sehr zahlreicher Kinder. Die Verjüngungsessenz hatte in ihrer Wirkung bereits nachgelassen und Kröpelkopf und Klapperbein bemerkten nicht ohne Erstaunen, daß sie in Betten lagen, deren Umfang etwas deutlich Beengendes an sich hatte und ungefähr den Eindruck erzeugte, den ein Walfisch in einer Sardinendose haben könnte. Befremdet bemerkten sie ferner, daß sie in

Windeln gewickelt waren, und daß sie auf diesen seit langem nicht mehr gewohnten Kleidungsstücken den Namen des städtischen Säuglingsheims lasen. Es ließ sich auch nicht leugnen, daß die Windeln wie auch die sie umgebende, einem Steckkissen ähnliche Hülle durchaus als eine mangelhafte Bedeckung ihrer Blöße anzusehen waren.

Wie kamen sie, die Inhaber der geachteten Firma Kröpelkopf und Klapperbein, in Windeln und Steckkissen, in einen Saal trompetender Säuglinge? Zuerst dachten sie an einen Traum, an eine vielleicht nicht gekannte, visionäre, in der Verwandtschaft der Idee liegende Nebenwirkung ihrer Verjüngungsessenz. Bald aber kam ihnen die furchtbare Gewißheit der Wirklichkeitswirkung ihres Mittels zum Bewußtsein. Sie hatten zu viel getrunken, sie waren nicht nur verjüngt, sie waren zu Säuglingen geworden und als solche gefunden und hierhergeschafft worden und noch dazu als Säuglinge mit Aehnlichkeit von sich selbst! Die Folgen waren nicht auszudenken! Sie sahen schon ihre Frauen im Geiste – und wohl ihnen bei allem Unwohlsein, daß sie sie nur im Geiste sahen!

Nur eine schnelle Tat konnte hier helfen. Sie mußten fliehen und die Säuglinge, zu denen sie selbst geworden waren, auch selber wieder dem Säuglingsheim sozusagen rauben. Glücklicherweise lag der Saal der Flaschenkinder im Erdgeschoß und einen Augenblick, als die wachehabende Schwester hinausgegangen war, benutzten die Herren Kröpelkopf und Klapperbein, um diesem für sie nicht angemessenen und bei längerem Aufenthalt kompromittierenden Ort durch ein Fenster zu entweichen.

Durch die nachtstillen Straßen eilten sie, nur mit Windeln und den ohne Sachkenntnis um sich gruppierten Steckkissen bekleidet, atemlos zur Stadt hinaus. Glücklicherweise begegneten sie nur einem Professor der römischen Geschichte, der sie für Lemuren hielt und später ein Buch über die innere Wahrscheinlichkeit der altrömischen Vorstellungswelt schrieb, das viel Aufsehen machte.

Die Erregung in der Stadt war am anderen Tage eine geradezu unbeschreibliche. Die Zeitungen brachten lange und sehr geistreiche Aufsätze über den sensationellen Fall, der wie kaum jemals ein anderer in die tiefsten Nachtseiten menschlichen Empfindens hineingeleuchtet habe. Der Staatsanwalt erhob die Anklage wegen

Kindesaussetzung, wegen Verhöhnung des eigenen Blutes in den eigenen Herrenanzügen und wegen Kindesraubes aus einem städtischen Säuglingsheim. Er setzte eine angemessene Belohnung auf die Ergreifung von Kröpelkopf und Klapperbein, auf die Auffindung der geraubten Säuglinge oder deren unbekannter Mütter aus. Allgemein war das Bedauern mit diesen unschuldigen Opfern und den Ehefrauen Kröpelkopf und Klapperbein. Seltsamerweise förderten die eifrigen Recherchen der tüchtigsten Beamten zutage, daß in dem Städtchen seit mehreren Monaten keine Frau ein Kind zu Welt gebracht habe. Die Firma Kröpelkopf und Klapperbein erlosch. Der Prokurist schrieb einen Aufsatz über seine Erlebnisse für den neuesten Pitaval und das Tippfräulein gab ihren Beruf auf und wandte sich einer Beschäftigung zu, die für die Erzeugung von Muttermilch nicht mehr von sekundärer, sondern von primärer Bedeutung war.

Siegfried Kröpelkopf und Arminius Klapperbein lebten einige Zeit in Höhlen, machten sich aus den Steckkissen und Windeln eine Art Badehose und nährten sich von Nüssen und Wurzeln. Dann stahlen sie in einem Bauernhause Kleider, flüchteten über die Grenze und gründeten im Ausland eine neue Firma mit den veränderten Namen Kröpelbein und Klapperkopf, Neuheiten aller Branchen.

Die Verjüngungsessenz ist leider verloren gegangen. Die Flasche zerbrach bei der amtlichen Beschlagnahme ›der zur Verhöhnung von Säuglingen eigenen Blutes gedient habenden Herrenanzüge‹ und ihr Inhalt ergoß sich auf den Boden des Privatbüros, wo die kostbare Flüssigkeit von Mäusen aufgeleckt wurde.

Seltsamerweise entdeckte man einige Tage darauf eine höchst sonderbare Sorte Hausmäuse von nie gesehener Kleinheit in den Geschäftsräumen der Firma Kröpelkopf und Klapperbein. Die Tierchen hatten ungefähr die Größe einer Wanze in gutem Ernährungszustand und wurden einem Zoologen zur Beobachtung übergeben. Dieser setzte sie in ein Glas und fand am anderen Morgen gewöhnliche Mäuse im Behälter seiner Gelehrsamkeit. Er schrieb hierauf ein überaus fesselndes Werk über ›Sinnestäuschungen allgemeiner und spezieller Natur an der Hand der Hausmaus (mus domestica)‹, das heute noch an allen Hochschulen als mustergültig anerkannt ist.

Die physische Person

Der Friseurgehilfe Heinrich Hilflos hatte drei Stunden *vor* der Kanzlei für Paßangelegenheiten und eine halbe Stunde *in* der Kanzlei für Paßangelegenheiten gewartet. Seine Augen waren verblödet, sein linker Arm vertaubt, sein rechter Arm völlig fühllos, sein linkes Bein eingeschlafen und sein rechtes Bein sichtbarlich kürzer geworden. Sein Kopf glich einem gefüllten Mülleimer und sein Magen einem leeren Mülleimer. Sonst aber ging es ihm noch gut, als ihn der Beamte endlich ansah.

»Was wollen Sie?« fragte der Beamte.

»Ich habe meine Ausweispapiere verloren und möchte mir gerne neue beschaffen.«

»Wie heißen Sie?«

»Heinrich Hilflos.«

»So heißt man nicht.«

»Ich sagte nicht, daß man so heißt, sondern daß ich so heiße.«

»Was sind Sie?«

»In erster Linie Mensch, in zweiter Linie Haarkünstler.«

»Wo sind Sie geboren?«

»In Alt-Neutomischl.«

»In welchem Kreis?«

»In gar keinem Kreis, in einem Bett.«

»Sind Sie blödsinnig?«

»Nein, ich bin Haarkünstler.«

»Haben Sie Zeugen dieser Geburt?«

»Ich bin der Ansicht, daß meine Mutter zugegen gewesen sein muß und würde sie gerne als Zeugin empfehlen.«

»Wo lebt Ihre Mutter? Hat sie Ausweispapiere?«

»Davon wollte ich eben sprechen. Ich weiß nicht genau, wo sie sich jetzt aufhält. Sie hatte zwar einen Totenschein, das heißt ich hatte ihn, aber ich habe ihn nicht mehr, weil ich meine Ausweispapiere verloren habe und nun neue haben möchte.«

»Ihre Mutter ist also tot?«

»Ich weiß nicht, ob sie tot ist. Niemand weiß das. Aber sie ist gestorben.«

»Was war Ihre Mutter?«

»Meine Mutter war eine Frau.«

»Das meine ich nicht. Ich meine, was sie von Beruf war.«

»Vielseitig.«

»Wer war Ihr Vater?«

»Ich nehme an, daß mein Vater ein Mann war.«

»Sind Sie schwachsinnig?«

»Nein, ich bin Haarkünstler.«

»Ich will wissen, wie Ihr Vater hieß?«

»Das habe ich auch oft wissen wollen.«

»Sie wissen es also gar nicht?«

»Nein, ich weiß es nicht. Meine Mutter war sehr gewissenhaft und äußerte sich nur über Dinge, die sie ganz bestimmt wußte.«

»Wer waren Ihre Großeltern?«

»Meine Großeltern waren die Eltern meiner Mutter.«

»Ich will wissen, was sie von Beruf waren.«

»Mein Großvater war ein Mann und meine Großmutter war eine Frau. Etwas Aehnliches nehme ich auch von den Großeltern meines Vaters an.«

»Sind Sie oft so verwirrt?«

»Nein, ich bin Haarkünstler.«

»Wann ist Ihre Mutter geboren?«

»Das weiß ich nicht. Jedenfalls aber nach meinen Großeltern.«

»Das kann ich mir auch so denken.«

»Warum fragen Sie mich etwas, was Sie sich auch so denken können?«

»Ich werde Sie hinausschmeißen lassen. Sie wissen wohl nicht, wo Sie sich befinden?«

»Außer meinen Armen und Beinen, die eingeschlafen sind, und von denen ich nicht weiß, wo sie sich befinden, befinde ich mich auf einer Behörde. Ich bin Haarkünstler und habe meine Ausweispapiere verloren. Ich möchte gerne neue haben.«

»Haben Sie irgend einen Beweis Ihrer Person?«

»Ich habe eine unbezahlte Wäscherechnung.«

»Das ist kein Beweis.«

»Wenn Sie sie bezahlen wollten, würden Sie bemerken, daß es sich um eine wirkliche Wäscherechnung handelt.«

»Eine Wäscherechnung ist aber kein Mensch, Sie müssen mir beweisen, daß Sie ein Mensch sind.«

»Das ist auf einer Behörde sehr schwierig.«

»Sie sind begriffsstutzig.«

»Nein, ich bin Haarkünstler.«

»Es ist vor der Hand gleichgültig, ob Sie Haarkünstler sind. Erst müssen Sie den Beweis erbringen, daß Sie eine physische Person sind.«

»Ich dachte, ein Haarkünstler wäre eine physische Person.«

»Das leugne ich nicht. Aber erst muß man eine physische Person sein, um ein Haarkünstler zu werden.«

»Ich sagte ja schon, daß ich in erster Linie Mensch, in zweiter Linie Haarkünstler bin.«

»Wenn Sie keine Papiere haben, sind Sie gar nichts, weder ein Mensch, noch ein Haarkünstler. Gehen Sie zu einem Arzt und lassen Sie sich bestätigen, daß Sie eine physische Person sind. Dann will ich sehen, was sich weiter machen läßt.«

Heinrich Hilflos weckte seine eingeschlafenen Beine und ging zu einem Arzt.

»Was fehlt Ihnen?« fragte der Arzt.

»Ein Papier,« sagte Heinrich Hilflos.

»Das bekommen Sie in einem Papiergeschäft und nicht bei mir,« sagte der Arzt.

»Die Papiere, die ich in einem Papiergeschäft bekomme,« sagte Heinrich Hilflos, »beweisen nicht, daß ich ein Mensch bin. Ich brauche ein Papier, das beweist, daß ich ein Mensch bin, eine physische Person.«

»Sie sind an die falsche Adresse gekommen,« sagte der Arzt, »ich will Ihnen eine andere Adresse aufschreiben.«

Der Arzt schrieb ihm eine Adresse auf und Heinrich Hilflos empfahl sich dankend.

Auf der Straße besah er sich das Papier und die Adresse. Es war die Adresse der städtischen Irrenanstalt.

Heinrich Hilflos beschloß nicht dorthin zu gehen. Er steckte das Papier mit der Adresse in die Tasche und begab sich wieder auf die Kanzlei für Paßangelegenheiten. Er wartete wieder drei Stunden *vor* der Kanzlei für Paßangelegenheiten und eine halbe Stunde *in* der Kanzlei für Paßangelegenheiten. Diesmal war nicht sein linker, sondern sein rechter Arm vertaubt, nicht sein rechter, sondern sein linker Arm völlig fühllos geworden, und nicht sein linkes, sondern sein rechtes Bein eingeschlafen, während nicht sein rechtes, sondern sein linkes Bein sichtbarlich verkürzt war. Sein Kopf glich nicht mehr einem gefüllten Mülleimer, sondern einem verunglückten Automobil und sein Magen nicht einem leeren Mülleimer, sondern einem entladenen Güterwagen der staatlichen Eisenbahnverwaltung. Sonst aber ging es ihm noch gut, als ihn der Beamte anredete.

»Was wollen Sie?« fragte der Beamte.

»Ich habe das Papier über den Beweis meiner physischen Person von einem Arzt gebracht.«

Der Beamte besah sich das Papier.

»Das ist die Adresse des städtischen Irrenhauses.«

»Das weiß ich. Der Arzt hat sie mir aufgeschrieben.«

»Warum sind Sie nicht hingegangen?«

»Mir war, als wäre es besser, wenn Sie selbst hingingen.«

»Wie meinen Sie das?«

»Ich meine, es würde dem städtischen Irrenhaus eher gelingen, Sie persönlich als durch meine Vermittlung zu überzeugen, daß ich eine physische Person bin.«

»Es handelt sich nicht darum, daß ich überzeugt werde,« sagte der Beamte. »Ich habe gar nichts dagegen, daß Sie eine physische Person sind. Aber ich muß es aktenmäßig erhärtet haben. Die Menschwerdung einer physischen Person ist ein aktenmäßiger Vorgang, keine Ueberzeugungsfrage. Seien Sie doch nicht so schwach von Begriff.«

»Nein, ich bin Haarkünstler.«

»Das interessiert mich nicht. Gehen Sie und beschaffen Sie mir die Erhärtung Ihrer physischen Person.«

Heinrich Hilflos weckte seine eingeschlafenen Beine und ging. Aber er ging nicht in die städtische Irrenanstalt, von der er sich offenbar wenig versprach, sondern zu einem Tischler. Hier erstand er sich ein drei Zoll dickes Eichenbrett von bemerkenswerter Härte, denn es handelte sich ja um eine Erhärtung seiner physischen Person.

Mit diesem Eichenbrett bewaffnet begab er sich abermals in die Kanzlei für Paßangelegenheiten, wo er diesmal nicht zu warten brauchte. Da er sich das Brett vor den Kopf hielt und so einen ausgesprochen amtlichen Eindruck machte, wurde er anstandlos vorgelassen, während alle die anderen Leute ohne Brett vor dem Kopf sich ihre Beine bis zu einem erstaunlichen Tiefegrad in den Bauch hineinstanden.

Heinrich Hilflos trat ohne ein Wort zu sagen auf den Beamten zu, der von ihm die Erhärtung seiner physischen Person verlangt hatte, und schlug ihn mit dem drei Zoll dicken Eichenbrett auf den Kopf.

Das Brett zersplitterte.

Der Beamte sah auf und hatte die unklare Empfindung, als sei ihm irgendjemand irgendwie zu nahe getreten.

Er stellte Strafantrag wegen versuchter Beamtenbeleidigung und Heinrich Hilflos wurde eingesperrt. Bei seiner Freilassung erhielt er ein Papier mit der amtlichen Beglaubigung seiner Haft und dem Vermerk: Heinrich Hilflos, Haarkünstler, vorbestraft.

Daraufhin bekam er anstandslos neue Ausweispapiere, aus denen ihm beglaubigt wurde, daß er nicht nur Mensch und Haarkünstler, sondern eine physische Person sei und daß sich seine Menschwerdung auf aktenmäßigem Wege vollzogen gehabt habe.

Kapitaldeutsch

Thaddäus Schmachtvoll war ein deutscher Dichter und besaß demgemäß zwei Hemden, so daß er solche wechseln konnte. Er war überaus dankbar, daß er die Hemden wechseln konnte, denn sonst konnte er nichts wechseln, vor allem kein Geld, weil er solches nicht hatte. Denn der Beruf eines deutschen Dichters ist zumeist mit einem sozusagen kapitalfernen Dasein verbunden.

Thaddäus Schmachtvoll träumte davon, daß er einmal ein Kapitalist sein würde, nämlich wenn zu einem leider noch nicht genau zu bestimmenden Termin der zehnte Band seiner Lyrik in der hundertsten Auflage erscheinen würde. Das vorauszusagen, war nicht ohne Schwierigkeit, denn vorerst war der erste Band seiner Lyrik noch in keiner Auflage erschienen. Trotzdem wurde Thaddäus Schmachtvoll Kapitalist und zwar durch einen Gönner, einen Kunstmäzen und Trikotagenknöpfefabrikanten, der ihm eines abends nach dem Genuß der dritten Flasche Sekt und der siebenten Havanazigarre 100 Mark schenkte.

Thaddäus Schmachtvoll beschloß seinen Kapitalismus sozusagen festzulegen. Er ging auf eine Bank, wo er noch nie gewesen war, und eröffnete ein Konto von 100 Mark. Nach einer halben Stunde erschien er wieder und erhob, zum ersten Mal in seinem Leben, von seinem eigenen Konto 95 Mark 50 Pfennige. Den Rest ließ er stehen, damit er sich verzinse, denn von diesem ihm ungeläufigen Vorgang versprach sich Thaddäus Schmachtvoll ungeheuer viel. Er verband diese ihm noch unbekannte Erfahrung am Gelde intuitiv mit der Fruchtbarkeit eines Kaninchens. Den erhobenen Betrag verbrauchte er am gleichen Abend restlos in einem jähen Anfall von Lebensbejahung.

Am anderen Morgen erhielt er von der Bank das folgende Schreiben, von dem er bei Empfang des Briefes erst eine sensationelle Nachricht über seine Zinsen erwartet hatte.

»Betr. Ihr Konto No. 1081.

Sie zahlten bei uns Mark 100 ein, wofür wir Sie Wert 4 dieses erkannten, und erhoben bei uns Mark 95 auch 50 Pfennige, wofür wir Sie Wert 4 dieses belasteten, zuzüglich unserer Portospesen von 1 Mark auch 25 Pfennigen Wert 4 dieses, womit verbleibt ein Saldo zu Ihren Gunsten von 3 Mark auch 75 Pfennigen, wofür wir Sie Wert 4 dieses erkannt haben. Zu obigem Betreff bemerken wir, daß wir künftig anfallende Gebühren in gleicher Weise zu Ihren Lasten gehen lassen werden und verbleiben ohne mehr für heute

hochachtungsvoll.«

Thaddäus Schmachtvoll, der als deutscher Dichter bisher nur die deutsche Sprache gekannt hatte, bekam ein nebelähnliches Gefühl im Kopf, empfand aber einen Brief einer Bank als etwas Neuartiges und hatte das Gefühl, daß er in höflicher Form seinen Dank auszusprechen habe.

Er schrieb, nicht ohne wesentliche Mühe:

> »Ihren Brief habe ich erhalten und habe zu obigem Betreff mit heißem Dank ersehen, daß Sie mich, obwohl belastet, doch nach so kurzer Bekanntschaft erkannt haben, und daß Sie Wert 4 dieses mit allen künftig anfallenden Gebühren ohne mehr für heute hochachtungsvoll verblieben sind, was ich ebenso herzlich erwidere.«

Nach dieser Arbeit oder, man kann vielleicht sagen, dieser Tat, bemerkte Thaddäus Schmachtvoll noch ein zweites Schreiben auf seinem Frühstückstisch oder auf dem Versuch eines solchen. Es war eine Benachrichtigung jener Behörde, die kurz und treffend mit dem Namen Einkommensteuerveranlagungskommission bezeichnet wird. Dieses Wort von siebenunddreißig Buchstaben war Thaddäus Schmachtvoll nicht unbekannt und er verband mit ihm keine tollen Hoffnungen auf Zinsen.

Vorerst ersah er, daß Steuern nicht erhoben, sondern gehoben werden, denn es handelte sich um die Steuerhebestelle. Diese Hebestelle hatte ein Band mit einer Nummer und eine Heberolle, während Thaddäus Schmachtvoll bloß ein Strumpfband ohne Nummer besaß und eine Heberolle oder andere Rolle überhaupt nicht in seinem Besitz hatte.

»Sie werden hierdurch ersucht,« las er nicht ohne Bewunderung, »die laut Steuerzettel fälligen 6 Mark auch 86 Pfennige dem obigen Finanzamt einzuzahlen, widrigenfalls unverzüglich zur Pfändung geschritten wird. Ohne Aufhalt nachgenannter Schuldigkeit steht Ihnen das Rechtsmittel der Berufung zu, welche binnen einer Ausschlußfrist von 28 Tagen von dem auf die Zustellung dieser Benachrichtigung folgenden Tage ab bei der der Einkommensteuerveranlagungskommission übergeordneten Behörde, diesfallsig dem Herrn Justizminister, beizubringen ist. Sie werden des weiteren aufgefordert, den Nachweis zu erbringen, daß Sie kein anfälliges Kapital besitzen und keinerlei Nutznießungsrechte aus Liegenschaften herleiten. Eine nochmalige Zahlungsaufforderung findet nicht statt.«

Thaddäus Schmachtvoll bekam ein nebelähnliches Gefühl im Kopf. Auch hatte er den unbestimmten Eindruck einer gewissen Drohung, von der ihm das Schreiben der Behörde mit den siebenunddreißig Buchstaben nicht frei erschien. Doch klang der Schluß mit der Versicherung, daß keine weitere Zahlungsaufforderung erfolgen werde, so tröstlich, daß er beschloß, sich dafür in höflichster Weise erkenntlich zu zeigen.

Er schrieb, nicht ohne wesentliche Mühe:

»An das obige Finanzamt.

Ihr Schreiben mit Band und Heberolle, welche beide ich nicht besitze, habe ich erhalten und danke Ihnen herzlichst, daß eine weitere Zahlungsaufforderung nicht erfolgen soll. Daß Sie auf eine bei mir ja auch ganz erfolglose Pfändung verzichten, ersehe ich mit Freude auch daraus, daß Sie nur zu einer Pfändung schreiten, es also offenbar nicht zur Pfändung selbst kommen lassen wollen. Auf eine Berufung verzichte ich, denn man soll nichts berufen, darin bin ich abergläubisch und die nachgenannte Schuldigkeit kann ich nicht bezahlen, weil ich sie nicht habe, noch haben werde. Meine Liegenschaften sind zwei Hemden, so daß ich stets eins wechseln kann, aber ich habe keine Nutznießung außer dem Anziehen. Mein Kapital besteht aus 3 Mark auch 75 Pfennigen, womit ich nach Belastung erkannt worden bin Wert 4 dieses und wobei man ohne mehr für heute hochachtungsvoll verblieben ist. Ich fürchte, es wird auch ohne mehr für morgen und übermorgen sein. Anfällig ist mein Kapital nicht, es ist klein und schwach und fällt keinen an. Es ist froh, wenn man ihm selbst nichts tut. Diesfallsig habe ich zu obigem Betreff nichts mehr hinzuzufügen.«

Am anderen Tage schrieb die Bank, daß sie das Konto des Herrn Thaddäus Schmachtvoll gelöscht habe, da sie nicht gewohnt sei, sich von ihren Kunden bei Ausübung ihrer Geschäftsgebräuchlichkeit verhöhnen zu lassen. Sie übersandte ferner nach Abzug der anfälligen Gebühren, mittels obiger Ueberweisung durch fraglichen Postscheck an genannte Adresse den Restbetrag von 3 Mark auch 5 Pfennigen, ohne jedoch diesmal ohne mehr für heute hochachtungsvoll zu verbleiben.

Eine halbe Stunde darauf erschien ein tatkräftiger Beamter der Behörde mit den siebenunddreißig Buchstaben und schritt bei Herrn Thaddäus Schmachtvoll zur Pfändung, wobei er jedoch diesfallsig nichts weiter eruierte und auch beschlagnahmte, als das inzwischen durch fraglichen Postscheck obiger Ueberweisung an genannte Adresse angefallene Kapital von 3 Mark auch 5 Pfennigen.

Der Beamte kündigte ferner an, daß man nach geschrittener Pfändung ohne Aufhalt zu einem Strafverfahren wegen Beleidigung einer Behörde von siebenunddreißig Buchstaben schreiten werde.

Thaddäus Schmachtvoll fühlte sich schwer belastet und erkannte, daß er als deutscher Dichter mit einem Deutsch belastet war, das in seinem Vaterlande diesfallsig als solches nicht erkannt werde. Er verkaufte sein eines Hemd, erkannte sich mit dem anderen, belastete sich mit zehn Bänden seiner anfälligen Lyrik, und schritt zur Auswanderung mit einem Taschenmesser auch einer Zahnbürste nach Afrika, wo nachgenannte Schuldigkeit das vorgenannte Deutsch obengenannter Institutionen zu kennen keinesfallsig und in keinerlei Betreff bekannt ist. Und dort verblieb er, ohne mehr für heute.

Das Gerippe

Es war gegen Mitternacht, als es an die Tür meines Arbeitszimmers klopfte. Es klopfte knöchern, also konnte es nicht meine Wirtschafterin sein, denn diese wiegt annähernd dreihundert Pfund und ihre fetten Finger federn wie Gummireifen eines Automobils. Es klopfte nochmals, energischer und noch knöcherner. Die Tür wurde geöffnet und herein trat ein komplettes Gerippe mit Stundenglas und Sense. Das Gerippe zeigte sein sozusagen dauerndes Grinsen in wenig anheimelnder Weise und sagte, ohne mich irgendwie zu begrüßen: »Fort mußt du, deine Uhr ist abgelaufen.«

»Es ist talentlos von Ihnen, daß Sie einem Theaterkritiker gegenüber Schiller zitieren,« sagte ich, »oder wollen Sie Ihre Begabung für Vortragskunst von mir prüfen lassen? Dann muß ich Ihnen gleich von vornherein sagen, daß Sie nicht zur Bühne gehen können. Ihr Organ mag noch so schön sein und Sie können Talent in jeder Rippe haben, aber Ihr Aeußeres ist für das Theater nicht mehr ganz geeignet. Sie werden selbst zugeben müssen, daß Ihre Jugendlichkeit gelitten hat.«

»Du mußt sterben,« sagte das Gerippe und schwang seine Sense.

»Bitte stellen Sie die Sense in die Ecke,« sagte ich, »es ist unschicklich, mit landwirtschaftlichen Geräten solcher Größe in ein Arbeitszimmer zu kommen.«

Das Gerippe vergrößerte erstaunt seine Augenhöhlen, stellte aber sein landwirtschaftliches Symbol an die Wand.

»Nun nehmen Sie Platz,« sagte ich freundlich, »was verschafft mir die Freude Ihres Besuches?«

Das Gerippe setzte sich klappernd in einen Sessel.

»Deine Uhr ist abgelaufen,« sagte es und sah mich ärgerlich an.

»Sie haben eine etwas stereotype Art, sich zu unterhalten,« sagte ich, »aber meine Uhr ist nicht abgelaufen, ich habe sie eben aufgezogen.«

Das Gerippe stellte sein Stundenglas auf den Tisch und wies mit einem nicht sehr sauberen Knochenfinger darauf hin.

»Ich richte mich nach meiner Uhr, nicht nach Ihrer,« sagte ich, »übrigens ist das eine Eieruhr und zwar aus dem Warenhause Vielfach und Vergeblich. Offenbar eine gute Konstruktion. Wie lange rechnen Sie auf weiche Eier?«

»Du mußt sterben!« sagte das Gerippe.

»Und auf harte?« fragte ich.

Das Gerippe machte drohende Bewegungen, wackelte mit dem Schädel, klapperte mit den Rippen und ruderte mit den Armen.

»Kokettieren Sie doch nicht so mit Ihren Knochen,« sagte ich, »wenn Sie schon so kokett sind, so pflegen Sie wenigstens Ihre Gebeine, putzen Sie sie mal ordentlich mit Zahnpulver und reiben Sie mit einem weichen Lederlappen nach. Oder frieren Sie? Dann setzen Sie sich bitte näher an den Ofen. Diese Nebengeräusche Ihrer Gliedmaßen stören mich in der Unterhaltung. Ich habe schon genug zu tun, um mich an Ihr Dauergrinsen zu gewöhnen.«

»Ich bin der Tod,« sagte das Gerippe, hörte aber auf zu klappern und setzte sich näher an den Ofen. Kein Wunder, denn die sehr vernachlässigten Knochen waren stark durchfeuchtet, es konnte einen schon beim Anblick rheumatisch stimmen.

»Ich möchte Sie bitten, keine Witze zu machen,« sagte ich, »Sie sind nichts weiter als ein Gerippe, das renommiert, ein Klapperknochen, der mit Eieruhr und landwirtschaftlichen Geräten nachts spazieren geht, um Eindruck zu schinden. Ich finde das nicht zartfühlend von Ihnen. Sehen Sie, ich wollte jetzt schlafen gehen und Sie kommen und stören mir die Laune, indem Sie sagen, daß meine Uhr, die ich eben aufgezogen habe, stehengeblieben ist. Das ist nicht nett von Ihnen.«

Das Gerippe wies mit einer stummen, etwas verlegenen Gebärde auf das Stundenglas auf meinem Tisch.

»Hören Sie jetzt auf mit Ihrer Eieruhr. Sie ist natürlich abgelaufen, sowohl für weiche als für harte Eier. Das sehe ich selbst. Ich will sie Ihnen auch gerne abkaufen, wenn Ihnen damit gedient ist. Denn es tut mir leid, daß Sie so derangiert aussehen.«

»Ich bin in der Tat nicht wohl,« sagte das Gerippe.

»Das ist recht, daß Sie nun vernünftig werden. Ich würde Ihnen
gerne eine Zigarette anbieten, aber es hat wohl keinen Zweck, da
Ihnen der Rauch doch gleich wieder zu den Augen herauskommt,
was ich mir wenig genußreich denke. Und schlucken können Sie
den Rauch erst recht nicht, weil Sie unterwärts von so großer Luft-
durchlässigkeit sind. Sonst hat ja solch ein poröser Leib seine großen Vorteile, man kann immer nachsehen, wenn etwas nicht in
Ordnung ist.«

»Ich glaube doch, daß mir eine Zigarette gut tun würde,« sagte
das Gerippe, »außerdem konserviert es meine Knochen.«

Das Gerippe begann zu rauchen und ließ den Rauch durch die
Augenhöhlen abziehen.

»Das Rauchen wird Ihnen garnichts nützen, wenn Sie keine ratio-
nelle Knochenpflege treiben,« sagte ich, »es sieht übrigens schick
aus, wenn Sie so aus den Augen heraus rauchen.«

»Meine Knochen haben in ihrer Festigkeit sehr nachgelassen,«
sagte das Gerippe, »schon bei meinen letzten Besuchen als Tod, wo
ich noch, ich darf wohl sagen, starken Erfolg hatte und sensationelle
Wirkungen erzielte, bemerkte ich, daß sie beim Klappern einen
weicheren Ton gaben.«

»Ich sagte Ihnen schon, daß es nicht anständig ist, Leute, die ihr
Gerippe noch in sich tragen, gruselig zu machen mit Ihrer Eieruhr
und Ihrem Mähapparat. Ihr rein kollegiales Gefühl vor dem Gerippe im anderen, das auch mal solch eine unselbständige Existenz
führen wird, wie Sie, sollte Sie davon zurückhalten. Im übrigen
empfahl ich Ihnen bereits gutes Zahnpulver und will Ihnen gerne
eine Schachtel davon mitgeben.«

»Ich habe zu viel Feuchtigkeit in mir,« sagte das Gerippe, »und
ich kann durchaus keine Nässe mehr vertragen. Darum bin ich eigentlich damit beschäftigt, mir einen neuen Beruf zu suchen, der
mir eine größere Trockenheit gewährleistet.«

»Ich fürchte sehr, daß Ihnen auch dort Ihre Aeußerlichkeit hin-
derlich sein wird,« meinte ich. »Wie wäre es mit einem Panopti-
kum? Das ist so ziemlich die einzige Betätigungsmöglichkeit für ein
Gerippe, das seinen Beruf, sich selbst aufzulösen, versäumt hat.«

»Das würde mir zu sehr auf die Knochen gehen, wenn ich immer herumstehen müßte,« sagte das Gerippe.

»Auf die Knochen wird Ihnen alles gehen, mein Lieber,« meinte ich, »das liegt einmal an Ihrer derzeitigen Beschaffenheit. Aus etwas anderes als auf die Knochen geht es bei Ihnen nicht mehr.«

»Ich habe mich an eine gewisse Eindrucksmöglichkeit meiner Person gewöhnt,« sagte das Gerippe und bewegte seine Knochen in selbstgefälliger Weise, »wie ich schon erwähnte, habe ich mit meiner Darstellung des Todes, besonders mit dem Aufstellen meines Stundenglases, des öfteren eine starke, ich darf wohl sagen sensationelle Wirkung erzielt. Wenn ich auch auf die Dauer diese nächtliche Tätigkeit nicht gut vertrage, möchte ich doch gerne einen ähnlichen Beruf finden.«

»Ich will Ihnen etwas sagen,« meinte ich hilfreich, »wenn Sie schon in so talentvoller Art mit der Eieruhr umgehen können – wie wäre es, wenn ich Sie an das Warenhaus Vielfach und Vergeblich empfehlen würde? Sie könnten da in der Abteilung für Küchengeräte am Tisch der Eieruhren eine famose Reklamefigur abgeben. Sie haben es trocken und angenehm und werden sicher allgemein bewundert werden.«

Das Gerippe sprang auf und drückte mir mit den Knochenfingern beide Hände, die ich nach innigem Gegendruck sorgfältig desinfizierte. Morgens putzte ich das Gerippe mit Zahnpulver, zog ihm einen hübschen Anzug und Lackschuhe an und schickte es mit einer Empfehlung an Vielfach und Vergeblich.

Vielfach und Vergeblich machten ein ungeheures Geschäft in Eieruhren. Alles wollte den neuen Automaten sehen, der im eleganten Anzug mit einem Totenkopf eine Eieruhr in der Hand hielt und abwechselnd sagte: nach dreieinhalb Minuten »deine Uhr ist abgelaufen – weiches Ei« und nach zehn Minuten »deine Uhr ist abgelaufen – hartes Ei.«

Nach einigen Wochen ging ich auf der Straße spazieren und ein vornehmes Auto fuhr an mir vorbei. Darin saß das Gerippe im gestreiften Tennisanzug, einen Strohhut auf dem Schädel und rauchte eine dicke Zigarre aus den Augen heraus. Mich sah es überhaupt nicht mehr an. Die Menschheit ist eben undankbar bis in die Knochen.

Assimilation

Der Privatgelehrte Ambrosius Pille war ein eifriger Anhänger der Einfühlungstheorie. Wenn er sich, wie es öfters geschah, mit gerichtlichen Personen befaßte, so war es ihm bereits mehrfach gelungen, sich mit diesen in einem erstaunlichen Grade zu identifizieren. So war er zum Beispiel einmal als Sappho, einen leierähnlichen Teppichklopfer umklammernd, in die Badewanne gesprungen, hatte als Mucius Scävola die Hand in einen Teller heißer Erbsensuppe getaucht und als Cleopatra einen Regenwurm von beträchtlicher Länge an seinen imaginären Busen gehalten.

Frau Pille hatte für diese hohen Talente ihres Gatten kein ausgesprochenes Verständnis und pflegte ihn in solchen Fällen auf eine garnicht mißzuverstehende Weise zu sich selbst zurückzurufen. Sie hatte ihm als Sappho den Teppichklopfer um die Ohren geschlagen, ihm als Mucius Scävola die heiße Erbsensuppe auf den Kopf gestülpt und den imaginären Busen der Cleopatra aus dem ungreifbaren Konvexen ins greifbar Konkave hineingestoßen. So brachte sie Ambrosius Pille ebenso gemütlos wie erfolgreich ins Dasein eines Privatgelehrten zurück. Man sagt von manchen Menschen, daß Gott sie in seinem Zorn erschaffen habe. Frau Pille war auf diesem nicht mehr ungewöhnlichen Wege entstanden und man darf wohl sagen, daß es sich bei ihrer Erschaffung um eine außergewöhnliche Mißstimmung der höheren Gewalten gehandelt haben mußte. Da sie mit dieser Gemütsart eine Leiblichkeit von beachtenswerter Raumverdrängung ihr eigen nannte, so war die Ehe von Herrn und Frau Pille der Ehe der lernäischen Hydra mit einem Kaninchen nicht unähnlich.

Ambrosius Pille hatte sich natürlich dank seinen hohen und geschichtlich gezüchteten Fähigkeiten auch in diese Ehe eingefühlt, ohne freilich übersehen zu können, daß solche Einfühlung fühlbarer und schmerzhafter vor sich ging, als etwa die in Sappho oder eine andere, nicht an Frau Pille erinnernde Dame der Vergangenheit. In eine andere Dame der Gegenwart sich einzufühlen, hätte Ambrosius Pille niemals wagen können, ohne eine Katastrophe heraufzubeschwören, gegen welche ein Erdbeben eine Operette gewesen wäre.

So lebte Ambrosius Pille in ständiger theoretischer und praktischer Assimilation, und da sein tägliches Leben weit größere Anforderungen an seine Assimilationsfähigkeit stellte als die Geschichte des Altertums, so war es erklärlich, daß sein Forschungstrieb sich
bald mehr dem biologischen Gebiet zuwandte. Anfänglich hatte er
darin freilich kein Glück. Der Versuch, zum Beispiel, in einem kälteren Klima Haare anzusetzen, mißlang leider völlig. Ambrosius Pille
hatte sich zu diesem Behuf im Winter in den Kartoffelkeller zurückgezogen und wartete dort hoffnungsvoll und ergeben einige Wochen auf Zunahme seines Haarwuchses und auf eine durch mangelndes Licht hervorgerufene stärkere Entwickelung des Tastsinns.
Statt dessen verlor er vieles von seiner an sich schon dünnen Kopfbehaarung, ohne durch weitere Haare an anderen Körperteilen
entschädigt zu werden und an Stelle des zu entwickelnden Tastsinnes erschienen Frostbeulen an den Fingerspitzen, die wohl
schmerzhaft, aber für feinere Wahrnehmung ungeeignet waren.
Frau Pille rief ihren Gatten diesmal in einer Weise zu sich selbst
zurück, die ihm das Erfassen einer neuen Idee bis zum Eintritt des
Frühlings unmöglich machte.

In dieser kummervollen und an sich unfruchtbaren Zeit war
Ambrosius Pille eine Erleuchtung von größter Tragweite gekommen. Er hatte durch fleißige vergleichende biologische Forschungen
festgestellt, daß bei den Tieren die Assimilation in der weitaus größten Anzahl aller Fälle weniger eine Anpassung an klimatische Faktoren bedeute, als ihren Grund in der Schutzfärbung habe, in dem
Wunsche sich Angriffen durch Annahme einer der Umgebung ähnlichen Farbe zu entziehen. Ambrosius Pille wurde es in tiefster Seele
klar, daß wenn irgend ein Wesen, er am meisten in seiner Ehe eine
solche Schutzfärbung anzustreben habe. Der Frühling erschien ihm
zu diesem Zwecke die geeignetste Zeit, denn das Zimmer, in dem
die meisten ehelichen Angriffe auf ihn erfolgten, hatte eine grüne
Tapete und so beschloß Ambrosius Pille, eine grüne Schutzfärbung
in sich zu entwickeln.

Er setzte sich, vorerst erfolglos, mit großer Ausdauer unter grüne
Blätter, aß viel Spinat, Salat und Sauerampfer und hatte sich einen
grünen Anzug gekauft. Der grüne Anzug verblich in der Sonne und
bekam einen Stich ins Gelbe, an den nicht bekleideten Stellen seines
Leibes aber gelang es ihm nicht, die sehnlichst erstrebte grüne

Schutzfärbung zu erreichen. Er stach von der grünen Tapete des erwähnten kampfgeweihten Zimmers immer noch in provozierender Weise ab und hatte die Folgen davon mehr als einmal zu tragen. Hierauf begab er sich an einen Froschteich und versenkte sich völlig in den Anblick dieser Geschöpfe, deren Hautfarbe ihm als Ziel seiner Sehnsucht vorschwebte. Aber auch hier wurde er nicht grüner und erreichte nicht mehr, als daß er nach einigen Wochen angestrengten Studiums mit der Virtuosität eines geborenen Frosches quaken und die Fliegen in seinem Zimmer mit einer bei einem Menschen noch nie gesehenen Geschicklichkeit fangen konnte. Auch traten seine Augen in einer mehr erheblichen als schönen Art hervor. Man muß erwähnen, daß er sich in dieser Zeit fast ausschließlich von Fliegen ernährte und gar keinen Spinat mehr aß, was vielleicht ein Fehler war. Das festzustellen, muß natürlich einem wirklichen Gelehrten überlassen bleiben.

Die einseitige Nahrung hatte indessen Ambrosius Pille derart geschwächt, während seine Frau in ihrer Raumverdrängung rüstig fortgeschritten war, daß Pille mehr denn je zu der Einsicht kam, daß ihm, wenn er auf sein Fortbestehen einigen Wert legte, eine Schutzfärbung sehr vonnöten wäre. Er schaffte sich nun ein Chamäleon an, unterhielt sich viele Stunden lang mit diesem Tiere und verfolgte seinen Farbenwechsel mit aller Einfühlung, die er als Mensch und Privatgelehrter biologisch und geschichtlich so überaus heftig geübt hatte.

Es verhält sich nun mit manchen in der Natur schlummernden Fähigkeiten so, daß sie lange latent bleiben, dann aber, in einem Augenblick des Affekts, plötzlich erweckt und zu voller Stärke entfaltet werden. Als Ambrosius Pille einmal mit seiner Gattin bei Tisch saß und sie ihm, wie so oft, sagte: »Pille, Pille, wie oft soll ich dir das sagen,« – bekam Ambrosius Pille einen roten Kopf. Und nach dem roten Kopf bekam er einen gelben, einen blauen, einen grünen, einen violetten, einen lachsfarbenen, einen hyazinthenen, einen zimtfarbenen – kurz, er lief die ganze Farbenskala mit allen nur denkbaren Möglichkeiten ab. Frau Pille wurde, auf Augenblicke wenigstens, was sie noch nie gewesen war, stumm. Dann erklärte sie, sie könne sich mit derartigen Naturerscheinungen nicht befreunden und wolle sich scheiden lassen. Mit einem Chamäleon wünsche sie nicht verheiratet zu sein, sie habe einen Mann und kein

Chamäleon geehelicht. Frau Pille hatte – wir können das sagen, da sie nicht dabei ist – in beiden Fällen unrecht. Ambrosius Pille war nie ein Mann gewesen und war heute auch kein Chamäleon.

Ambrosius Pille aber lebte künftig statt mit einer Frau mit seinem Chamäleon, was ja im Grunde genommen ganz dasselbe ist, nur um einige sehr bemerkenswerte Grade friedlicher und geräuschloser. Seine Assimilationsfähigkeit nahm in erstaunlicher Weise zu und nachdem er unter anderem als Hero allnächtlich ein Licht in einer nicht der Sage angehörenden Oertlichkeit entzündet, als Jason ein nicht ihm gehöriges Schaffell entwendet, das er ersetzen mußte, starb er als Sokrates, indem er Brauselimonade in einem Glas, das ihm zum Mundspülen diente, getrunken.

Die spiritistische Sitzung

Klein-Oberniederhausen war kein besonders wesentlicher Ort und das Leben dort hatte nichts Aufregendes an sich, so daß sich leider keine großen Zeitgenossen in ihm wohnhaft gemacht hatten. Nur einmal war ein Mann mit einer tadellosen Bügelfalte auf dem Bahnhof sitzen geblieben und hatte auf den anderen Zug gewartet. Aus gleicher Ursache war vor einigen Jahren eine Dame mit seidenen Strümpfen von mehreren glaubhaften und nüchternen Beobachtern gesichtet worden. Wenn man also das Bedürfnis besaß, mit interessanten Leuten umzugehen, so mußte man sich an die Toten halten. Ein solches Bedürfnis besaßen in der ganzen Stadt nur die folgenden Personen: der Bürgermeister von Klein-Oberniederhausen, der Apotheker, der Lehrer der alten Sprachen Willi Würmchen, Tante Emerentia und Fräulein von Brettbusen. Diese fünf Säulen der höheren Gesellschaftskreise hatten ein so heftiges und in sich begründetes Bedürfnis, nur mit interessanten Leuten umzugehen, daß sie allwöchentlich zu einem spiritistischen Zirkel zusammenkamen, um berühmte Tote herbeizurufen, die lebendig gewiß nicht nach Klein-Oberniederhausen gekommen wären. Man versammelte sich stets bei Tante Emerentia, die schon ihres Körperumfanges wegen viel Raum in ihrer Wohnung hatte und einen vorzüglichen Kaffee kochte. Willi Würmchen hatte ein zu kleines Zimmer, der Bürgermeister konnte keinen Geist im Hause dulden, weil er Unordnung in die Regierungsakten bringen könnte, und aus gleicher Vorsicht für seine Flaschen und Büchsen mußte auch der Apotheker das ablehnen, denn manche Geister haben ein auf die Zerstörung des Zerbrechlichen gerichtetes Temperament. Fräulein von Brettbusen dagegen konnte es nicht über sich gewinnen, fremde Männer in ihrem Hause zu empfangen, auch wenn es tote waren, denn Fräulein von Brettbusen war von hochentwickeltem Sittlichkeitsgefühl und Begründerin des Vereins zur Hebung dieses Bedarfs in Klein-Oberniederhausen. Bei Tante Emerentia, die nicht so empfindlich war, konnten die Geister nach Belieben rumoren. Sie selbst war nicht lautlos zu nennen, sie hatte Füße, die wandelnden Fundamenten glichen und bei ihrem Anblick sangen die Kinder auf der Straße unwillkürlich ›Wir hatten gebauet ein stattliches Haus.‹ Es geschah das nicht aus Bosheit, sondern es war die rein kindliche Erweckung einer greifbar naheliegenden Ideenverbindung. Als Medium war eine Milchfrau tätig, die Wochentags Milch und Sonntags Geister vermittelte. Sie war auch insofern ein Phänomen, als sie die Geister ihrer Zeit nach, getreu im Charakter ihres Berufes, milchähnlich auseinanderhielt. Wenn sich die Antike meldete, so schmeckte die Milchfrau Sahne, beim Mittelalter süße Milch und bei der Zeit des Rationalismus saure Milch.

Man begann, wie stets, mit einem gemeinsamen Lied, nachdem man sich um einen Tisch gesetzt und die Hände der Nekromanten sich zu einem magischen Ringe geschlossen hatten.

»Leise zieht durch mein Gemüt liebliches Geläute«, sangen alle piano, pianissimo, um die Geister erst einmal ein bißchen zu reizen.

Bei den Worten ›liebliches Geläute‹ ertönte ein entsetzlicher Krach. Es war aber noch kein Geist, sondern das Dienstmädchen von Tante Emerentia war in der Küche mit dem Kaffeegeschirr entgleist.

Gleich darauf verkündete die Milchfrau, daß sie Sahne schmecke und einen gelben Sonnenschirm sähe.

»Wer ist dort?« fragte der Apotheker.

»Confutse,« buchstabierte der Tisch.

»Confutse?« fragte Fräulein von Brettbusen, »das ist ja ein ganz unbekannter obskurer Name!«

»Confutse ist chinesischer Uradel,« sagte Tante Emerentia gekränkt. Sie war eine große Anhängerin der chinesischen Kulturlehren und bewunderte besonders außer der Weisheit die kleinen Füße der chinesischen Frauen, die sie aus den Bildern einer alten Hauschronik gesehen hatte. Sie war sehr gerührt, daß sich Confutse herbemüht hatte.

»Großer Weiser des Ostens,« sagte sie, »gib mir ein einziges Wort der Erkenntnis, das ich auf meinen ganzen Lebensweg mitnehmen kann.«

»Du bist eine Ente,« sagte Confutse.

Tante Emerentia hatte das Gefühl, daß das irgendwie mit der Seelenwanderung zusammenhängen müsse und freute sich sehr. Sie hat das Wort auch stets in sich getragen auf ihrem ganzen Lebenswege oder, richtiger gesagt mit Rücksicht auf ihre Walzenfüße, auf ihrer Lebenschaussee.

Inzwischen verschwand Confutse, die Antike aber blieb, denn das Medium schmeckte nach wie vor Sahne, sah aber jetzt Flanell mit roten Streifen. Der Tisch meldete Caesar.

»Sind Sie Julius Caesar?« fragte der Bürgermeister. Er hatte das Gefühl, daß er jetzt die Leitung ergreifen müsse, wo es sich um eine Art von Kollegen handelte.

»Ausgerechnet Julius,« sagte der Tisch. »Was willst du?«

Der Bürgermeister beschloß im kollegialen Rahmen zu bleiben.

»Wie waren die Straßen in Rom beschaffen?« fragte er.

»Genau so dreckig wie die in Klein-Oberniederhausen,« sagte Caesar.

Der Bürgermeister überhörte das und fragte schleunig: »Wann kommen Sie das nächste Mal?«

»Bei Philippi sehen wir uns wieder!« stöhnte der Flanell.

»Bei wem?« fragte Tante Emerentia, die nicht gut hörte, aber sehr gerne gewußt hätte, bei wem man Julius Caesar noch einmal genießen könne. Auch fand sie, daß der Mann mit seiner Bemerkung über die Straßen recht hatte.

Aber schon hatte Cicero ihn beiseite gedrängt. Das war ein Fall für Willi Würmchen, denn Willi Würmchen füllte eine fühlbare Lücke in der Weltliteratur aus und schrieb Römerdramen.

»O Cicero, ist es wahr, daß Sie den berühmten accusativus cum infinitivo gebraucht haben?« fragte er begeistert.

»Ja,« sagte Cicero, »aber wenn ich euch vorausgeahnt hätte, hätte ich ihn nicht gebraucht, sondern überhaupt den Schnabel gehalten.«

»Das wäre ewig schade gewesen,« krähte Willi Würmchen, »auch ich sage ja: wie Sie einst von Karthago, von der Stadt, die unser Karthago ist, das Gleiche: ceterum, censeo, Groß-Oberniederhausen esse delendam. Auch meinen Kopf wird man vielleicht dereinst auf dem Forum ausstellen.«

»Deinen Kopf wird man nicht ausstellen,« sagte Cicero.

»Auch ich fühle römisch und schreibe Römerdramen,« sagte Willi Würmchen, »aber ich gieße den Geist Roms mit dem Germanias zusammen, ich kompiliere den alliterierenden Stabreim mit der getragenen Sprache der Lateiner. Zum Beispiel:

> Bei Tubatuten wird getötet,
> Blutregen rinnt und Rom errötet.«

»Rom wird erblassen, aber nicht erröten, wenn es diese Verse hört,« sagte Cicero nicht ohne Berechtigung und aus dem Gefühl des Selbstschutzes heraus.

> »Aus Grabgewölbe, Gruft und Grausen
> sieht man die Senatoren sausen!«

deklamierte Würmchen.

Cicero tat, was die Senatoren taten, und verschwand schleunigst.

»Ohrensausen?« fragte Tante Emerentia.

»Nein,« schrie Würmchen erbost, »Senatoren sausen.«

»Das ist wohl eine besondere Art von Ohren?«

»Ich schmecke süße Milch,« sagte das Medium, »aber es wäre gut, wenn man jetzt noch ein Lied singen würde, das zieht die Geister ein bißchen heran.«

»Leise zieht durch mein Gemüt liebliches Geläute . .«

Es zog auch, aber nicht durchs Gemüt, sondern durchs Fenster und, offenbar durch die Verwandtschaft der Zugluft angezogen, erschien ein weiblicher Geist – und zwar einer, der sein Geschlecht nicht unbetont gelassen hatte. Der Tisch meldete Lucrezia Borgia. Hier schien eine Hebung der Sittlichkeit empfehlenswert und so übernahm Fräulein von Brettbusen die Leitung. Sie sah aus, wie wenn man den Kopf eines alten Huhnes auf das magere Gliedergerüst eines jungen Huhnes gestülpt habe und redete mit der Stimme einer empörten Maus.

»Fräulein von Borgia,« sagte sie, »es werden so peinliche Dinge über Sie gesprochen. Wie verhält es sich damit? Ist es wahr, daß Sie unser herrliches Geschlecht nicht unbefleckt erhalten haben? Ich möchte mit Rücksicht auf mich selbst nicht deutlicher werden.«

»Ich verstehe nicht, was Sie meinen,« sagte Lucrezia, »ich bin allerdings sehr unerfahren. Zugeben muß ich, daß ich einmal einem Jugendfreunde heimlich die Hand unter dem Tisch gedrückt habe, aber sonst habe ich wie eine Nonne gelebt.«

»Das freut mich zu hören,« sagte Fräulein von Brettbusen, »ich werde dafür sorgen, daß Ihr Name in unserem Verein künftig mit Achtung genannt wird.«

Es war ein großer Moment. Lucrezia, in Klein-Oberniederhausen rehabilitiert, tat ein Uebriges und materialisierte sich als Brustbild, wie ein Frosch, der über Wasser taucht. Sie atmete unhörbar, aber sichtbar, Fräulein von Brettbusen dagegen hörbar, aber unsichtbar, denn wo nichts da ist, hat auch die Natur ihr Recht verloren.

»Ich werde ein Drama über Lucrezia Borgia schreiben, das hieße eine fühlbare Lücke ausfüllen,« sagte Willi Würmchen.

»Verzeihen Sie,« sagte der Apotheker, »wenn ich eine berufliche Frage an Sie stelle. Man hat doch zu Ihrer Zeit heftig gedolcht und vergiftet. Können Sie mir nicht verraten, welches das berühmte Gift der Borgia war, an dem so viele starben?«

»Wir haben nur Rizinusöl und Rhabarber benutzt und die Folgen waren ganz andere und nicht tödliche. Gedolcht wurde gar nicht, ich selbst habe stets nur ein Obstmesser bei mir geführt, um mir die Apfelsinen zu schälen. Das andere Obst aß ich mit der Schale.«

»Da sieht man wieder, wie die Geschichte gefälscht wird,« sagte Fräulein von Brettbusen, »und besonders die armen Frauen müssen darunter leiden. Kein Wunder, wenn Männer die Geschichte schreiben.«

Der Bürgermeister wollte etwas erwidern, aber Lucrezia hatte ihren Busen wieder zusammengefaltet, das Medium schmeckte saure Milch und der Tisch kündigte Darwin an.

Darwin war ein unbeliebter Punkt. In Klein-Oberniederhausen wollte niemand vom Affen abstammen. Es entstand eine ängstliche Pause. Endlich ermannte sich der Bürgermeister und fragte:

»Sind Sie immer noch der Ansicht, daß die Menschen vom Affen abstammen, Herr Professor?«

»Der Adel jedenfalls nicht,« sagte Fräulein von Brettbusen.

»Ich habe meine Ansicht geändert,« sagte Darwin, »die meisten Menschen haben den Affen nicht hinter sich, sondern noch vor sich.«

Alle schwiegen. Der Ausdruck machte Eindruck, aber der Eindruck kam nicht zum Ausdruck. Nur die Milchfrau gurgelte leise vor sich hin. Man hob die Sitzung auf und weckte sie.

»Was sehen Sie?« fragte man besorgt. »Sehen Sie noch Antike, Mittelalter oder die Zeit der Aufklärung? Und was schmecken Sie? Sahne, süße oder saure Milch?«

Die Milchfrau schüttelte sich.

»Ich sehe Gegenwart und schmecke Quark!«

Ein Theaterbrief

Lieber Emil! Ich gehöre nun schon ein paar Monate zur guten Gesellschaft und du hast keine Ahnung, wie oft ich mich schon gewaschen habe und wie anstrengend die ganze Chose überhaupt ist. Du fährst immer in deinem Auto herum und schiebst und kannst gut essen und trinken, aber ich habe inzwischen Dame gelernt und das ist eine schwere Arbeit. Das viele Umziehen und das Anhängen von den Juwelen ist nicht so schlimm, das geht ganz schnell, aber du mußt auch Bildung haben und ich habe die Bildung jetzt gekriegt, weil ich von vornherein forsch ins Zeug gegangen bin. Am meisten Bildung kriegst du im Theater, denn das ist eine Bildungsanstalt, sagen die Leute. Es soll auch eine moralische Anstalt sein, schreiben sie in den Zeitungen, aber ich weiß nicht, was das für eine Anstalt ist, und ein Kunstinstitut soll es auch sein, weil eben Kunst und Bildung ganz dasselbe ist und ich kann nun beides, Kunst und Bildung auf einmal und du solltest mich bloß sprechen hören. Du kennst das Theater nur von außen und weißt, daß es ein Gebäude ist mit vielen Türen und vorne mit Säulen. Ich kenne das Theater von innen und kann dir alles sagen, wie das ist. Bei der Kasse ist eine Person aus Stein, wo draufsteht Melpomene, ich hab mir den Namen abgeschrieben, denn ich will meine Tochter so nennen, weil eine Grazie oder eine Muse so hieß, sagt Guste. Beides ist was sehr Feines, was schon lange her ist, sagt Guste, und darum stellt man die Person ins Theater, weil dort auch vieles los ist, was eigentlich schon lange her ist und garnicht mehr da ist. Kintopp kennst du ja, aber Theater ist ganz was anderes. Im Kintopp ist alles dunkel, du kannst knutschen und kannst sehen, was los ist. Im Theater kannst du auch sehen, aber es ist hell dazwischen und die Hauptsache ist, daß du gesehen wirst. Das heißt, du wirst besser nicht gesehen, weil Schönheit nicht deine Force ist, aber ich und solche, wo es lohnt, die müssen gesehen werden. Darum mußt du dich fürs Theater oberhalb waschen und auch die Nägel putzen, was du im Kintopp nicht brauchst. Dafür kriegst du im Theater Bildung, also kann man schon was opfern. Wenn man Loge hat, braucht man sich nicht so zu waschen, wie fürs Parkett, aber die Nägel muß man immer putzen, weil es vornehm ist, die Hände auf die Brüstung zu legen, schon damit man die Ringe sieht, die so viel Geld kosten, und die

Leute sehen, daß man's auch hat. Du weißt nun, was der Unterschied ist von Kintopp und Theater. Aber es gibt zweierlei Theater, Oper und Schauspiel, und da will ich dir auch den Unterschied sagen. In der Oper kannst du laut sprechen die ganze Zeit, weil Musik gemacht wird, aber im Schauspiel mußt du ruhig sein, sonst zischen die Leute, warum weiß ich nicht. In der Oper kannst du besser schlafen, aber im Schauspiel kriegst du mehr Bildung, darum bin ich mehr ins Schauspiel gegangen. Das ist feiner. Dafür ist Oper wieder feiner, weil es teurer ist. Aber ich bin für die Bildung. In der Oper verstehe ich auch weniger, weil alles undeutlich ist. Im Schauspiel ist's auch undeutlich, aber nicht so sehr und du verstehst dazwischen immer mal ein Wort, was du famos in der Gesellschaft sagen kannst, und alle sehen, daß du Bildung hast. Ich war auch einmal in der Oper, wo es ganz schön war und ein vernickelter Mensch war da mit einer künstlichen Gans, die ihn angeschwommen hat und er hat verboten, daß man nicht fragen soll, wer er ist, was mir auch ganz egal war. Aber seine Frau hat gefragt und da ist die künstliche Gans wiedergekommen und hat ihn wieder abgeschwommen. Solche Stücke schreiben die Männer, weil sie nicht wollen, daß man sie fragt, woher sie kommen, das ist eine Gemeinheit und ich gehe da nicht wieder hin. Du solltest bloß mal versuchen, Emil, mir nicht zu sagen, woher du kommst, da könntest du was erleben und wenn du mit zwanzig natürlichen Gänsen ankommen würdest. Denn du bist ein reicher Mann und brauchst dich nicht mit künstlichen Gänsen zu behelfen, wie ein Theater, das kein Geld für die natürliche Gans mehr hat. Alles übrige von der Oper verstehst du nicht, weil das Musik ist, aber vielleicht macht es dir Spaß, weil du doch auch mal Trompete geblasen hast. Ganz witzlos ist eine Oper, wo eine schicke Person in einem Berge ein Café chantant aufgemacht hat und ein Mann, der Tannhäuser heißt – kennst du die Firma? – will nicht bei ihr bleiben, weil er dämlich ist und denkt, er hats wo anders besser. Er geht nach Rom, was jedenfalls ein Hotel ist mit einer Bar, aber er kommt wieder zurück, weil es da nicht so gut war wie in dem Café chantant von der hübschen Person und zwischendurch wird eine langweilige Dame begraben, die viel gesungen hat. Das war mir aber nicht so klar wie der vernickelte Mensch. Ich weiß bloß, daß du in dem Cafe geblieben wärst, Emil. – Also Bildung ist das nicht, aber im Schauspiel ist Bildung. Wenn was gespielt wird, was nicht mehr wahr ist, ist das klassisch und wenn die Menschen so aussehen wie auf der Straße, ist das modern, dann ist es sehr ähnlich wie im Kintopp, aber ärmlicher und alles viel langsamer. Du kannst auch nicht zurückdrehen, wie im Kintopp, weil das keine Leinwand sondern Menschen sind. Ich sehe viel Klassisches, weil das zur Bildung gehört. Und ich kenne auch schon eine Menge Dichter, die heute modern sind, Goethe, Shakespeare, Schiller usw. Bei Goethe wurde sehr geklatscht und ich dachte bestimmt, daß er 'rauskommen würde, denn ich möchte gerne sehen, wie ein Dichter aussieht, aber er kam nicht und wahrscheinlich war er in einer anderen Stadt, weil die Leute sagten, das Stück wird wo anders auch gegeben. Das Stück hieß »Faust« und ich dachte eigentlich, es würde was vom Boxen drin vorkommen, aber es war nichts. Es ist überhaupt ganz anders und nachher wird Gretchen verrückt und die Sache geht überhaupt gemein aus und ich finde, man soll solche Stücke nicht geben, die einem die Stimmung verpfuschen. Ich kann auch Gretchen nicht kapieren. Wenn sie das wie ich gemacht hätte, wäre sie nicht verrückt geworden, sondern würde mit Brillanten und geputzten Nägeln in der Loge sitzen. Wenn man gebildet ist, muß man von allem ›Hamlet‹ gesehen haben, sagt Guste. Das ist ein kranker junger Mensch in schwarzen Trikots, dem es nicht gut geht. Sein Papa ist auch noch nicht ganz tot und erscheint ihm sehr gruselig und bei sehr schlechtem Wetter. Ich liebe Gruseliges sehr im Theater und auch schlechtes Wetter verstehen sie fein zu machen, aber ich versteh nicht, wie der kranke Mensch in den dünnen Trikots nicht friert dabei, aber vielleicht sind sie inwendig gefüttert und dann hat er sehr dünne Beine. Du könntest Hamlet garnicht vorstellen, Emil, weil deine Figur mehr viereckig ist. Ich weiß nicht, was Hamlet fehlt. Guste sagt, er hat Gedankenblässe, denn Guste hat das Stück schon ein paarmal gesehn, weil sie abonniert ist und immer ins Theater geht, wenn sie sich mopst, und sie hat mir auch das von der Grazie Melpomene gesagt. Ich denke, Grazie wird eine griechische Kellnerin sein, denn alles, was Marmor ist, ist griechisch und alles, was nichts anhat, heißt Venus. Aber diese hat was an und darum ist sie keine Venus. Eine Venus mit einem Flitzbogen steht draußen im Park vor dem Theater. Ich weiß nicht, was Gedankenblässe für eine Krankheit ist, aber du hast sie nicht gehabt, Emil, sonst hättest du was gesagt, denn du sagst doch immer, wenn du bloß mal Kopfschmerzen hast und einen Kümmel trinken mußt. Es muß eine ganz neue

Krankheit sein, denn es ist sicher ein ganz modernes Stück, weil es ein neues Theater ist und das wird keine alten Sachen geben, die man schon kennt. Hamlet hält in der Mitte eine große Rede, die sehr berühmt geworden ist, sagt Guste. Er fragt darin, ob es sein oder nicht sein ist, aber er sagt nicht, wem es schließlich gehört. Später trinken alle Wein und es bekommt ihnen nicht und sie gehen mit Säbeln aufeinander los und vorher wird eine begraben, die auch verrückt geworden ist. Aber das ist viel netter als bei Gretchen und die schöne Leiche nachher ist sehr stimmungsvoll. Guste und ich haben auch geweint, das ist sehr gebildet und dann sieht man auch, daß wir Taschentücher mit Brüsseler Spitzen haben, das Stück zu 500 Mark. Diese modernen Stücke, die klassisch sind, weil es früher passiert ist, dauern alle sehr lange, aber du kannst ruhig ein paar Akte auslassen und ins Restaurant gehen. Bloß in den Zwischenakten mußt du wieder herauf, damit man sieht, daß du eine Loge hast. Ich mache das meistens so und dann greift es garnicht an. Bloß am Ende mußt du dabei sein, dann klatschen die Leute und du kannst aufpassen, ob der Dichter kommt. Sehr fein sind die ›Räuber,‹ da ist ein doller Radau und die Leute reden so wie in der ›Roten Fahne‹ gegen das Kapital und gegen die Autos, aber das ist natürlich nur Neid, weil sie nicht so wie du sind, Emil, und man sollte ja eigentlich solche Stücke garnicht geben. Aber weil ich das Gruseln so liebe, ist es doch eine ganz feine Sache. Ein alter Herr wird eingesperrt und kriegt nichts zu essen und wenn er ganz mager und schwach aus dem Turm herauskommt, so kriegst du solch einen Appetit, daß du gleich ein Butterbrot essen mußt und es schmeckt dir so gut wie lange nicht. Später wird es sehr gemischt und einer hängt sich auf, wobei die anderen Krakehl machen. Sehr spaßhaft ist ›Genoveva,‹ wo einer dem anderen weißmacht, daß seine Frau inzwischen, du weißt schon, aber das ist garnicht wahr, denn sie ist eine Pute und tut überhaupt nichts. Gott, was sind die Männer dumm! ›Sommernachtstraum‹ ist eine Mordssitzung, aber einer kriegt einen Eselskopf und wenn es auch nicht zu verstehen ist, so schadet das nichts. Du hörst einfach nicht hin und denkst, du bist im Varietee. Denn es wird auch getanzt und die Weiber haben sehr wenig an. Wenn sie wenig anhaben, sind es Elfen, sagt Guste, aber nicht immer, sagt Guste auch. Wenn ich nichts anhabe, bin ich keine Elfe, sagt Guste, die das Stück auch schon ein paarmal gesehn hat, weil sie doch Abonnement hat, weißt du. Ein Stück heißt ›Iphigenie,‹ da kannst du dich totmopsen, sie will ihn nicht zuerst und nachher, wenn du denkst, nun will sie ihn endlich, will sie immer noch nicht und du weißt garnicht, wozu du überhaupt im Theater warst. Dabei tut er, was er kann, um sie herumzukriegen, aber sie ist eine Obstinate und so was lieb ich nicht. Fein ist ›Wallenstein‹ und da sind auch so viele Leute auf der Bühne, daß du wirklich was hast für dein Geld und famose Kostüme mit solch hohen Stiefeln, daß man wieder sieht, daß es garnicht wahr ist, daß die Menschen die Lederpreise nicht mehr zahlen können – schlage ruhig auf, Emil, du wirst sie allemal los – und Wallenstein hat einen alten Onkel bei sich, der in den Sternen liest, weil das jetzt modern ist und alle sich Horoskop stellen lassen für 50 Mark oder noch teurer. Der alte Onkel aber macht es Wallenstein ganz umsonst, aber es kommt auch nichts aus davon und es geht alles schief. Zahle lieber mehr, Emil, wenn du die Sterne fragen läßt, dann hast du was Solides für dein Geld und nicht solche Chosen, wo du mit hereinfallen kannst. Wallenstein wird in einem Hotelzimmer in Eger totgemacht, wo du auch neulich warst, Emil, mit deinem Auto, es ist eine ganz moderne Geschichte und die Leute ziehn sich bloß anders an, damit es mehr Spaß macht. Spaß muß sein, Emil, sonst könntest du diese traurigen Sachen garnicht sehen, die klassisch sind und dann beruhigt es ja auch, weil es lange her sein soll, während beim Kino alles eben erst passiert ist meistens und du wirst da auch ganz anders aufgeregt, warum auch Theater viel gesünder ist und überhaupt nicht so angreift, weil du nicht so aufpassen mußt und immer dazwischen rauskannst. Im Kintopp bist du ganz anders gebunden, aber ich wasch mich dann schon lieber und putz mir die Nägel und hab dafür meine Freiheit. Das sag ich, weil ich jetzt Bildung hab und alle gebildeten Leute werden sagen, daß Theater feiner ist und das sagen sie wegen dem Waschen und Nägelputzen, das mußt du dir merken, Emil, wenn du mal auf deinen Reisen in eine Societe kommst, wie die gute Gesellschaft hier heißt. Wenn du im Theater garnichts kapierst, schadet das nichts, du sagst dann nachher, wenn man dich fragt, daß es ein tiefes Stück ist. Wenn du was kapiert hast, und man fragt dich, wie's dir gefallen hat, dann sagst du ›na, wenn schon‹ und tust, als ob du was wegschmeißen willst. ›Faust‹ ist nicht tief, und du kannst da ›na, wenn schon‹ sagen, aber die Chose von dem kranken Mann mit der Gedankenblässe, der nicht weiß, wem es nun eigentlich gehört, die ist tief, denn da verstehst du garnichts, denn der Mann ist eben nicht gesund und das ist das Krankhafte in der Kunst, was immer interessant und tief ist und wovon die Zeitungen schreiben. Du kannst überhaupt immer in der Zeitung nachsehen, wie es dir gefallen hat und wenn du daraus ein paar Sätze auswendig lernst, so kann dir nichts passieren in der Societe. Ich lerne ja leicht auswendig und wenn ich ein Couplet gehört habe, habe ich es immer gleich nachsingen können, nicht richtig, aber ganz ähnlich, so daß man sich schon ungefähr denken kann, was ich meine. In der Oper sind die Couplets aber sehr schwer und die kann ich nicht gut behalten. Ich habe das Couplet, das der vernickelte Mann singt und wo er verbietet zu fragen, wo er eben herkommt, der Gauner, auch zu Hause gesungen, aber Guste sagt, daß man es nicht erkennen kann, und Guste weiß alles in Kunst, weil sie Abonnement hat und weiß, ob die griechischen Kellnerinnen Melpomene oder Venus heißen. Das ist Bildung, Emil, und du siehst, es ist viel mehr und viel schwerer, als bloß Waschen und Nägelputzen, woran du dich allmählich so gewöhnst, daß es dir garnicht mehr so eklig ist. In den Stücken, die nicht klassisch sind, sehn die Leute so aus wie ich und du, Emil, aber nicht so wohlhabend, denn sie haben nicht so viele Ringe an und daß die Kleider so teuer waren, wie meine, glaub ich auch nicht, denn du kannst sie nicht anfassen, was immer das Sicherste ist, und die Prei-se machen sie vorher ab, nicht so wie im Warenhaus, wo du gleich weißt, was vornehm ist, weil der Zettel dranhängt, ob es teuer ist. Aber ich glaub nicht, daß die Kleider viel taugen, weil die Kunst immer mehr verarmt, wie sie in der Societe sagen. Ich sehe alles, was klassisch ist, wegen der Kostüme viel lieber. Aber wenn du willst, schreibe ich dir ein andermal auch über die Stücke mit ge-wöhnlichen Anzügen. Ein Theaterglas hab ich auch, es hat 5000 Mark gekostet und es kostet jetzt noch mehr und wenn du hineinsiehst, siehst du alles ganz nah und kannst sehn, ob die Seide echt ist, aber wenn du es umkehrst, dann siehst du alles ganz klein und das macht viel Spaß. Spaß muß sein, sagt Guste, die Kunst kennt und ein Abonnement hat. Wenn du herkommst, mußt du auch ins Theater, Emil, aber wasch dir die Hände und putz dir die Nägel. Kintopp ist schöner, aber Theater ist feiner und du mußt jetzt auch mehr fürs Feine sein, Emil, vergiß nicht, wer du jetzt bist und daß du ein Auto und Bildung hast und eine Frau in der Societe, die klassisch geworden ist.

Es umarmt dich deine   Emma.

Eine geschwänzte Geschichte

Ich werde es nie verwinden, daß ich keinen Schwanz mehr habe, wie wir ihn früher alle besaßen, als wir noch auf Bäumen lebten und auf alle Vorübergehenden oder Vorüberhupfenden mit Bananenschalen schmissen. Wie schön war es auf den Bäumen – wenn ich einen glatten hohen Baumstamm sehe, so überkommt mich heute noch die plötzliche Sehnsucht, daran hochzugehen, geschwänzt und bekrallt, wie einst in schöneren Zeiten. Und dann der Winterschlaf – welch herrliche Bilder gaukelt er einem vor von einer verlorenen, ebenso großen wie glücklichen Vergangenheit. Mit Trauern sieht man heute bei Eintritt des Herbstes sein Federbett liegen und weiß doch, daß man sich keineswegs bis zum Frühling darin einwickeln darf, sondern jeden Morgen daraus herausgestöbert wird mit der ganzen Gemütlosigkeit einer ungeschwänzten und unbekrallten Zivilisation. Wie weich und wärmend war das Winterfell, das man schon an den ersten kühlen Tagen, wenn es dem Winter zuneigte, beruhigend an sich wahrnahm, welch kokette Farben und frohe Ringel zeigte das Sommerfell, wenn man im Frühling aufwachte und sich den Schlaf aus den Augen rieb mit den Tatzen, an denen man in süßem Halbbewußtsein gelutscht hatte! Wie schön war es, sich nach eingesogenem und verschlucktem Mittagbrot in seine Höhle zurückzuziehen und sich mit emsig eingestopftem Moos den Nachmittagsschlummer zu sichern. Wehe dem, der ihn störte – fauchend fuhr man durch die Mooswand und verbat sich zähnefletschend jede Einmischung. Heute kann man nicht mehr mit Moos zustopfen, man hat sogar Klingeln an allen Türen und wenn die Leute einen herausklingeln, so nützt alles Fauchen und Zähnefletschen nichts mehr. Das Schlimmste von allem aber ist das Fehlen eines Schwanzes. Nicht nur aus ästhetischen Gründen, obgleich es herrlich aussieht, wenn man spazieren geht und stolz und selbstbewußt den Staub mit seinem Schwanze aufwirbelt und ihn in zierlichen Ringeln hin und her schwanken läßt. Nicht nur darum – nein, seine praktische Verwendbarkeit ist eine ungeheure und kaum eine Stunde am Tage vergeht, wo ich ihn nicht schmerzlich und sehnsüchtig vermisse. Wie oft möchte ich mit ihm die Gartenbank putzen, bevor ich mich setze, wie oft Rhythmus in meine Gedanken bringen durch leichtes Kreisen, wie oft ihn verbindlich aufrollen, wenn ich einer schönen Dame begegne! Ganz schlimm ist es, wenn man etwas tragen muß, wenn man im Gehen die Zeitung lesen will und nun nicht weiß, wo man den Regenschirm lassen soll, den der Schwanz gefällig und stets bereit umklammert hätte. Wie angenehme einen Bekannten am Schwanz festzuhalten, wenn er eilig vor einem geht und nicht auf einen achtet, wie schön, sich seinen Schwanz um den Hals zu legen, wenn es kühl wird und zugig, oder wie elegant sieht es aus, wenn man, den Schwanz nachlässig über den Arm gelegt, einen Salon betritt und nur leise und kaum merklich die hell gefärbte Spitze bewegt!

Mit so sehnsuchtsvollen Rückerinnerungen saß ich eines abends im Gasthaus und sah wehmütig auf kleine Papierservietten und Tischtücher, mit denen man sich zur Not eine Art Winterlager in einer einsamen Ecke hätte zurechtsammeln können. Dann blickte ich auf den Kronleuchter, der verlockende Ketten hatte und unter einem bemalten Glasdach hing, das jedenfalls zu öffnen war. Plötzlich packte mich unwiderstehlich jene Stimmung, die mich beim glatten hohen Baumstamm immer überkommt – mit einem Satz sprang ich auf den Tisch, von dort auf den Kronleuchter, und schwang mich mit der Schnelligkeit aller in mir schlummernden atavistischen Talente an den Ketten bis zum Glasdach, das ich aufstieß und durch das ich mit gurgelnden Lauten des Vergnügens hinauskroch.

Ich kam nicht ganz bis nach oben. Ich fühlte mich gepackt und heftig nach unten gezogen. Jetzt haben mich die Leute im Gasthaus festgekriegt, dachte ich, sie halten mich gewiß für verrückt und wollen mich einsperren. Doch woran hielten sie mich? Meine Arme hatte ich über dem Glasdach und meine Beine fühlte ich frei und unbehindert herunterbaumeln. Und doch riß man an mir, mehr zärtlich als ungeduldig. Wahrhaftig, man zog mich am Schwanz – ich hatte also einen und war wieder, was ich ehemals war, eine unsagbar herrliche Entdeckung! Ich sah auf meine Arme und meine Brust: sie waren befellt, dunkel mit sehr manierlichen und hübschen helleren Punkten und Streifen. Inzwischen hatte man mich nach unten gezogen und umringte mich staunend. Aber ich wurde nicht eingesperrt, im Gegenteil, alles huldigte mir und ich sah, wie alle Gäste befellt und geschwänzt waren wie ehedem – es war eine allgemeine Rückentwicklung eingetreten, als habe sich die Natur wieder auf ihre alten Rechte besonnen. Mir aber huldigte man, weil ich von allen Anwesenden den schönsten Schwanz hatte. Es war der Schwanz eines Halbaffen, sehr lang und am Ende dicker und pinselartig verlaufend, mit einer Zeichnung, die etwas Berückendes hatte und mit einer feinen weißen Spitze am Ende, die nervös und sehr elegant vibrierte. Ein junges Mädchen, dessen weißes Kleid im Ausschnitt braunes Fell sehen ließ, hatte einen fast so schönen Schwanz, nur kürzer, ungefähr ähnlich dem Schwanz einer dicken Hauskatze. Es sah reizend aus, wie sie ihn unter dem Kleide zierlich hin und her bewegte. Ich glaube, auch ich machte starken Eindruck auf sie, meines Schwanzes und des Felles wegen, das so bunt und hübsch gesprenkelt war.

»Wir wollen die Wiederkehr der geschwänzten Baumkultur feiern,« rief ich begeistert, sprang mit sehr kurz gewordenen Beinen und erheblich langen Armen auf den Tisch, fletschte die Zähne und trank ein Glas Bier auf einen Zug leer. Alle stießen mit mir an in bekrallter Freude und befelltem Jubel.

»Du bist der Wiedererwecker der Baumkultur, der Prophet der Geschwänzten,« rief ein Freund von mir, der einen langen dünnen Affenschwanz hatte, »du hast schon immer so etwas Atavistisches an dir gehabt, du konntest mit den Ohren wackeln und hattest Fingernägel, die mehr Krallen als Nägel waren. Jetzt ist das alles zum Segen der Baummenschheit wieder durchgebrochen.«

Ich nahm meinen Schwanz über den Arm und entzog mich allen Ovationen. Ich eilte auf die Straße, um zu sehen, ob das Wunder der Wiedergeschwänztheit, die Herrlichkeit der Wiederbekralltheit und die Freude der Wiederbefelltheit auch dort eingezogen und allgemein wären. Das Mädchen mit dem Katzenschwanz folgte mir. Ich umpfotete sie und sprang mit ihr in eine Elektrische. Alle waren befellt und hatten Schwänze, wenn auch sehr verschiedener Art. Schöne Schwänze wie unsere waren selten und wurden sehr beneidet. Alle Sitzplätze der elektrischen Bahn hatten Löcher, durch die man die Schwänze herabhängen lassen konnte und es bot einen reizenden Anblick, wie die Schwänze von den Seitenwänden des Wagens winkten in allen Farben und Formen. Trotz aller Baumkultur wollte der Schaffner Geld haben. Ich sah nicht ein, warum. Ich entwischte auf das Dach des Wagens, kletterte an einer Telegrafenstange hoch, die in der Nähe war und begann mit Papierfetzen zu schmeißen, die ich in der Tasche hatte. Das junge Mädchen war auf einen Baum geklettert und saß nun, leise miauend, einen Astbreit unter mir. Im Wagen gingen die Schwänze wild durcheinander und es wurde heftig gebellt, denn viele Menschen erinnerten an Hunde. Man nahm für und gegen mich Partei. Die Hunde konnten das Miauen des jungen Mädchens nicht vertragen und schimpften darüber. Aber die mehr Affenähnlichen und Katzengleichen im Wagen traten für uns ein, fauchten den Schaffner an, stiegen aus und der Wagen fuhr mit den Schnauzern allein weiter. Nur die Hammelähnlichen hatten gar nichts gesagt. Sie blökten bloß etwas unruhig.

Wir hatten gerade am Theater gehalten und ich schlug dem jungen Mädchen vor, herunterzuklettern und einmal einen Blick ins Theater zu tun, das nun doch auch angenehm und entsprechend verändert sein müsse. Sie kletterte herab, zog die Krallen ein und fing an zu schnurren.

An der Kasse nahm ich keine Eintrittskarte, sondern zeigte die Zähne. In gleicher Weise fletschte ich mich mit dem schnurrenden jungen Mädchen ins Parkett hinein. Das Theater war sehr besetzt und alles sah sich knurrend, schnurrend, schwanzwedelnd und blökend ›Romeo und Julia‹ an.

Ein großer Teil des Publikums saß auf allen Vieren, ein anderer kletterte an den Logenbrüstungen herum oder verankerte sich mit den Schwänzen in den Lehnen der Sessel.

»Es ist die Nachtigall und nicht die Lerche,« sagte Julia und suchte etwas in Romeos Fell.

»Die Lerche ist's und nicht die Nachtigall,« sagte Romeo und kratzte sich.

Nun hörte man Gebell hinter der Szene und Julia drängte selbst zum Aufbruch. Sie reichte Romeo nicht eine Strickleiter – nein, die brauchte er nicht mehr – nur einen dünnen Strick benötigte er und daran schwang er sich mit allen Vieren aus dem Fenster. Noch einmal umpfoteten sie sich im letzten Kuß, noch will Julia Romeo am Schwanz festhalten, aber das Knurren der Gräfin Capulet hinter der Szene scheucht die Liebenden auseinander und mit katergleichen Lauten verschwindet Romeo im Dunkel der Nacht.

Leider konnte das Stück nicht zu Ende gespielt werden. Bei der Kampfesszene der Familien Montague und Capulet, die sehr an Schnauzer erinnerten, entstand nach längerem verhaltenem Knurren eine solche Beißerei, daß das Publikum, mitgerissen und begeistert, sich in Parteien zu spalten begann und bellend, fauchend und blökend aufeinander losging.

Ich führte meine Dame in den nahen Park hinaus, wo alles auf Bäumen saß und sich und seine Schwänze im Abendlicht schaukelte.

Endlich fand ich einen stillen Baum und ging mit meiner Dame daran hoch. Oben ordnete sie ihr Fell mit graziösem Krallenkämmen und erzählte in miauenden Tönen von ihrem Leben und daß sie mich beim ersten Blick geliebt habe. Ich sagte ihr das Gleiche, denn das sage ich in solchen Fällen immer, und fragte sie, ob sie lieber Septemberkinder oder Maikinder haben wolle.

»Maikinder sind meist kräftiger,« meinte sie, »wenigstens hat Mama bei ihren dreißig Geburten die Maiwürfe immer bei weitem vorgezogen.«

Unten wandelten Liebespaare mit verschlungenen Schwänzen.

»Die da unten werden Septemberkinder kriegen,« sagte ich neidisch, »aber Ihre Mutter hat recht. Wir wollen bis zum Frühling warten und es lieber bei den Maikindern lassen. Mir wird überhaupt so kühl und schläfrig. Ich glaube, der Winter kommt.«

Ich kroch in ein großes Astloch und stopfte es mit Moos zu. Dann schlief ich ein.

Als ich erwachte, saß ich im Gasthaus und hatte ein Gefühl der Verkümmerung in mir. Ich faßte nach meinem Schwanz – er war nicht mehr da. Ich besah meine Hände – sie waren, obwohl reich an Atavismen, nackt und ohne Fell. Nur mit den Ohren konnte ich noch wackeln, aber das befriedigte mich nicht. Eine junge Dame am Tisch gegenüber lachte darüber. Sie hatte einige Aehnlichkeit mit dem schnurrenden und miauenden jungen Mädchen, mit dem ich auf dem Baum gesessen hatte und das mit mir zusammen in der vierfüßigen Vorstellung von Romeo und Julia gewesen war. Ich wagte aber nicht, sie daraufhin anzureden – die ganze Sache schien mir nicht mehr so sicher. Ich sah aus dem Fenster und auch hier erblickte ich nur Menschen, denen man wohl die Baumkultur noch ansah, die sie aber doch hinter sich hatten, ohne etwas dadurch zu gewinnen. Kein Fell mehr, keine Krallen, keine Schwänze – ein trüber Alltag der Zivilisation ohne Winterschlaf und Höhlen.

Ich zahlte ohrenwackelnd und ging betrübt nach Hause.

Ich werde es nie verwinden, daß ich keinen Schwanz mehr habe. Aber es ist doch schön, daß ich ihn einmal hatte und welch einen schönen – ganz lang und mit einem dicken pinselartigen Ende und einer hellen Spitze, mit Ringeln und Streifen – einen Schwanz, der auch in der Erinnerung noch eine wirkliche geschwänzte Geschichte ist und bleiben wird.

Freundlichkeiten

Man sollte gar nicht glauben, wie leicht man sich unbeliebt machen kann. Ich habe zum Beispiel stets das tiefinnerliche, gar nicht zu unterdrückende Bedürfnis, den Leuten etwas recht Freundliches zu sagen, aber die Menschen erkennen es gar nicht an und verstehen offenbar nicht, wie höflich man gegen sie gewesen ist.

Einmal sitze ich mit einem guten Bekannten von mir im Gasthaus. Mein Bekannter erinnert seelisch an einen Pavian und körperlich an einen Orang-Utang, und zwar beides in einer so unmißverständlichen Weise, daß es wenig aufmerksam wirken würde, Eigenschaften zu übersehen, auf die er bei seiner Geburt doch offenbar großen Wert gelegt hatte.

Ich bewunderte ihn eine Zeitlang und sagte dann: »Wissen Sie, wenn Sie so dasitzen und die Zeitung mit beiden Händen halten, haben Sie doch etwas erstaunlich Menschenähnliches.«

Mein Bekannter bedachte sich einige Minuten, dann zahlte er, stand auf und ging, ohne mich zu grüßen, aus dem Gasthaus hinaus. Ich verstehe nicht, wie man eine Aeußerung, die ebensoviel warmes Interesse als eine wirklich beinahe die Schmeichelei streifende Anerkennung enthielt, so unverbindlich auffassen kann.

Ich mochte nicht allein am Tisch sitzen bleiben, umsomehr als es Abend geworden war und ich noch ein wenig spazieren gehen wollte. Ich trat auf die Straße und sah im Dunkel, wie zwei mir bekannte Damen von beträchtlichen Dimensionen aufeinander zu segelten und sich geräuschvoll begrüßten. Die eine hatte an Steuerbord einen Marktkorb, die andere an Backbord einen Pompadour. Ich beeilte mich, in dem Versuch mich vorbeizuretten, aber ich wurde bemerkt und verankert.

»Sie sehen uns wohl nicht?« fragte man mich scherzend, »woran dachten Sie denn, als Sie so an uns vorbeihuschen wollten.«

Katastrophen, die wie Backfische scherzen, sind mir peinlich, aber ich hatte durchaus das Gefühl, daß ich etwas Freundliches sagen müsse, damit man meine mißglückte Rettungsaktion nicht durchschaue.

»Ich dachte an einen berühmten und sehr schönen Roman,« sagte ich, ›Schiffe, die nachts sich begegnen.‹

Die eine Dame wandte sich steuerbord von mir ab, die andere backbord, als ob eine plötzliche Strömung sie von mir gerissen habe. Meinen Gruß erwiderten sie nicht mehr. Ich verstehe gar nicht, wie man einen Vergleich mit einem Werke der Poesie so wenig sympathisch aufnehmen kann. Was soll man einer Dame sonst sagen, wenn nicht gerade etwas aus dem Reiche der Poesie, das doch dem weiblichen Geschlecht, wenigstens seiner eigenen Behauptung nach, so ähnlich sein soll?

Eine ebenso unglückliche Erfahrung wie mit der Poesie habe ich mit der Natur gemacht, die doch auch dem weiblichen Geschlecht, wenigstens seiner eigenen Behauptung nach, in ihrer Schönheit und Reinheit so nahe sein soll.

Einmal fragte mich eine Dame, als ich nach längerem Landaufenthalt wieder in die Stadt kam, ob ich es denn nicht allzu einsam gehabt habe.

»Nein,« sagte ich, »ich habe mich mit Katzen und Hunden unterhalten.«

Der Ausdruck der Dame bekam einen Beigeschmack. Nein, nicht einen Beigeschmack, das ist zu viel gesagt, aber einen Stich.

»Nun ja, Sie sind eben ein Dichter,« sagte sie mit lächelnder Nachsicht, »aber solche Unterhaltung ist doch keine Konversation. Haben Sie die Konversation nicht vermißt, die Sie sonst in der Gesellschaft haben?«

»Nein,« sagte ich, »Konversation habe ich den ganzen Tag gehört.«

»Von wem denn?« fragte die Dame und machte Augen, die um einen Grad runder und dafür um einen Grad dümmer aussahen als sonst.

»Von einer Ziege,« sagte ich freundlich. Um nichts in der Welt hätte ich die Dame so enttäuschen wollen, daß sie mich bedauert hätte, keine Konversation gehabt zu haben.

»Was sagt denn eine Ziege den ganzen Tag?« fragte die Dame.

»Määäähhh . . . . .« sagte ich.

»Aber das ist doch keine Konversation!« sagte die Dame empört.

»Das ist ganz dasselbe,« sagte ich, »haben Sie schon jemals etwas anderes in großen Gesellschaften gehört?«

Also, was soll ich noch sagen, die Dame, die ich um jeden Preis in freundlichster Weise trösten wollte darüber, daß ich am Ende gesellschaftlich irgendwie etwas vermißt habe, bekam einen Gesichtsausdruck, der nicht nur einen Stich, sondern richtig einen Beigeschmack hatte. Sie gab mir ganz gleichgültig die Hand und hat mich nie wieder nach meinem Leben in der Natur gefragt. Dabei verstehe ich garnicht, was sie gerade gegen die Ziege haben konnte, die ein völlig harmloses Tier ist und den ganzen Tag genau wie ein richtiger Gesellschaftsmensch Määäähh sagt. Es ist wirklich sehr schwer, es den Leuten recht zu machen, besonders wenn man, wie ich, das tiefinnerliche und garnicht zu unterdrückende Bedürfnis hat, ihnen irgend etwas Freundliches zu sagen. Ich denke mir, die Frauen stehen der Natur doch sehr nahe, aber vielleicht wollen sie ihr nicht so nahestehen?

Ich beschloß künftig das innigere und mehr persönliche Verhältnis, das ich zur Poesie und Natur habe, nicht mehr zu berühren, sondern mich in einem objektiven, streng wissenschaftlichen Rahmen zu halten. Aber auch damit hatte ich kein Glück. Es war bei einem Abendessen, meine Tischdame sah mich schmachtend an und fragte mit einem Augenaufschlag, der dem Hochziehen von Jalousien gleichkam: »Ach, was ist der Mensch?«

Früher hätte ich etwas gesagt, was persönlicher gewesen wäre, hätte nach Vergleichen gesucht mehr innerlicher Art, so zwischen Kreuzotter und Pute, aber ich hatte beschlossen, kalt und sachlich zu bleiben. Die Menschen wollen es nun einmal nicht anders.

»Der Mensch läuft in Futteralen herum und innen ist er hohl,« sagte ich, »er sammelt sich zu gewissen Zeiten an gewissen Orten, um seinen Hohlraum zu füllen und wenn er ihn gefüllt hat, geht er abends nach Hause, zieht sein Tagesfutteral aus und legt sich in sein Nachtfutteral.«

Meine Tischnachbarin sah mich mit einem Ausdruck an, den ich am besten dahin kennzeichnen könnte, daß er mir zur Hebung meines Selbstbewußtseins als ungeeignet erschien. Es ist nicht völlig ausgeschlossen, daß sie mich für verrückt hielt. Aber Frauen pflegen auch auf Verrückte ihre Reize in gleicher Güte auszustrahlen, wie auf geistig Gesunde, vielleicht weil sie meinen, daß der Prozeß, den sie erstreben, hier schon an sich erreicht ist.

»Bin ich auch hohl?« fragte sie mit süßer Stimme, ließ die Rolläden über den Augen verschämt herunter und zog sie dann wieder hoch, um mich mit dem sogenannten tiefen Blick anzusehen, dem ich nichts weiter entnehmen konnte, als daß er zum Wahrnehmen von Gegenständen durchaus ausreichend sein müsse.

»Gewiß sind Sie hohl,« sagte ich, »wo sind denn die beiden Teller Suppe geblieben, die Sie verschluckt haben?«

Meine Tischnachbarin muß sich nachher wenig anerkennend über mich zu der Dame des Hauses geäußert haben, denn diese fragte mich beim Abschied, ob ich mich nicht gelangweilt habe.

Jetzt beschloß ich, den wissenschaftlichen Boden wieder zu verlassen und wie immer tiefinnerlich freundlich zu sein.

»Es war heute viel weniger langweilig, als das vorige Mal,« sagte ich und drückte ihr herzlich die Hand.

Die Dame hat mich nicht wieder eingeladen und ich kann nur annehmen, daß meine Tischnachbarin daran schuld ist, denn der Dame des Hauses habe ich doch noch zum Schluß eine Freundlichkeit gesagt.

Ich beschloß, garnicht mehr auszugehen und den Leuten überhaupt keine Liebenswürdigkeiten mehr zu sagen. Aber es half mir nichts. Nachdem ich eine Woche zu Hause gesessen hatte, besuchte mich eine junge Dame und sprach zwei Stunden lang auf mich ein. Ich überlegte, ob ich es überleben würde oder nicht, das heißt, ob sie sich lediglich einer Körperverletzung oder einer solchen mit tödlichem Ausgang schuldig machen werde. Zum Schluß bat sie um ein Autograph für ihr Stammbuch.

Ich dachte mir, es wäre vielleicht passender, das Zitat eines großen Dichters hineinzuschreiben, als etwas aus meinen eigenen Arbeiten zu wählen. Ich schrieb ihr etwas Naheliegendes von Ovid herein, den ich sehr liebe, und reichte ihr das Buch mit einigen freundlichen Worten wieder zurück.

»Ich habe Ovid gewählt,« sagte ich erklärend, »Ovid war ein sehr großer Dichter. Einer der größten, kann man wohl sagen, die je gelebt haben.«

Das Fräulein bedankte sich herzlich und ging, so daß es sich also nur um eine Körperverletzung, nicht um eine solche mit tödlichem Ausgang gehandelt hatte. Ich hatte das schöne Wort hereingeschrieben: ›Glücklich die Zikaden, denn sie haben stumme Weiber.‹

Am anderen Tage erwiderte das Fräulein meinen Gruß nicht mehr auf der Straße. Ich verstehe das nicht. Ovid ist ein so großer Dichter. Vielleicht hat sie es doch übelgenommen, daß ich nichts von mir selbst gewählt hatte? Aber wie soll man das vorher wissen, ich dachte doch gerade das Richtige zu treffen, weil Ovid ein so großer Dichter ist, daß er sozusagen garnicht mehr anfechtbar ist, daß man garnicht anderer Ansicht sein kann als er.

Seitdem habe ich völlig darauf verzichtet, den Menschen Freundlichkeiten zu sagen. Ich sage garnichts mehr und äußere mein tiefinnerliches und garnicht zu unterdrückendes Bedürfnis, den Menschen meine Freundlichkeiten zu sagen, nur noch auf schriftlichem Wege. Sonst kann man allzuleicht unbeliebt werden, ohne es auch nur im Geringsten zu wollen. Was hat man dann von seinen Freundlichkeiten?

Über tredition

Eigenes Buch veröffentlichen

tredition wurde 2006 in Hamburg gegründet und hat seither mehrere tausend Buchtitel veröffentlicht. Autoren veröffentlichen in wenigen leichten Schritten gedruckte Bücher, e-Books und audioBooks. tredition hat das Ziel, die beste und fairste Veröffentlichungsmöglichkeit für Autoren zu bieten.

tredition wurde mit der Erkenntnis gegründet, dass nur etwa jedes 200. bei Verlagen eingereichte Manuskript veröffentlicht wird. Dabei hat jedes Buch seinen Markt, also seine Leser. tredition sorgt dafür, dass für jedes Buch die Leserschaft auch erreicht wird.

Im einzigartigen Literatur-Netzwerk von tredition bieten zahlreiche Literatur-Partner (das sind Lektoren, Übersetzer, Hörbuchsprecher und Illustratoren) ihre Dienstleistung an, um Manuskripte zu verbessern oder die Vielfalt zu erhöhen. Autoren vereinbaren direkt mit den Literatur-Partnern die Konditionen ihrer Zusammenarbeit und partizipieren gemeinsam am Erfolg des Buches.

Das gesamte Verlagsprogramm von tredition ist bei allen stationären Buchhandlungen und Online-Buchhändlern wie z. B. Amazon erhältlich. e-Books stehen bei den führenden Online-Portalen (z. B. iBookstore von Apple oder Kindle von Amazon) zum Verkauf.

Einfach leicht ein Buch veröffentlichen: **www.tredition.de**

Eigene Buchreihe oder eigenen Verlag gründen

Seit 2009 bietet tredition sein Verlagskonzept auch als sogenanntes "White-Label" an. Das bedeutet, dass andere Unternehmen, Institutionen und Personen risikofrei und unkompliziert selbst zum Herausgeber von Büchern und Buchreihen unter eigener Marke werden können. tredition übernimmt dabei das komplette Herstellungs- und Distributionsrisiko.

Zahlreiche Zeitschriften-, Zeitungs- und Buchverlage, Universitäten, Forschungseinrichtungen u.v.m. nutzen diese Dienstleistung von tredition, um unter eigener Marke ohne Risiko Bücher zu verlegen.

Alle Informationen im Internet: **www.tredition.de/fuer-verlage**

tredition wurde mit mehreren Innovationspreisen ausgezeichnet, u. a. mit dem Webfuture Award und dem Innovationspreis der Buch Digitale.

tredition ist Mitglied im Börsenverein des Deutschen Buchhandels.

Dieses Werk elektronisch lesen

Dieses Werk ist Teil der Gutenberg-DE Edition DVD. Diese enthält das komplette Archiv des Projekt Gutenberg-DE. Die DVD ist im Internet erhältlich auf **http://gutenbergshop.abc.de**